LA TEMPÊTE

DANS LA MÊME SÉRIE

1. *La bataille de Liberty*
2. *La tempête*

GABRIEL MESTA

LA TEMPÊTE

Fleuve Noir

Titre original :
Shadow of the Xel'Naga

Traduit de l'anglais
par Jean-Claude Poyet

Le Code de la propriété intellectuelle n'autorisant, aux termes de l'article L. 122-5, 2° et 3° a), d'une part, que les « copies ou reproductions strictement réservées à l'usage privé du copiste et non destinées à une utilisation collective » et, d'autre part, que les analyses et les courtes citations dans un but d'exemple ou d'illustration, « toute représentation ou reproduction intégrale ou partielle faite sans le consentement de l'auteur ou de ses ayants droit ou ayants cause est illicite » (art. L. 122-4).
Cette représentation ou reproduction, par quelque procédé que ce soit, constituerait donc une contrefaçon sanctionnée par les articles L. 335-2 et suivants du Code de la propriété intellectuelle.

Copyright © 2001 by Blizzard Entertainment.
© 2003 Fleuve Noir, département d'Havas Poche
pour la traduction française.
ISBN : 2-265-07511-6

Ce livre est dédié à
Scott Moesta,
qui nous a fourni un avis d'expert
dans l'arène de *Starcraft* (nous
n'aurions jamais réussi sans toi).
Toutes ces longues heures passées
à jouer ont fini
par porter leurs fruits !

Et à sa femme,
Tina Moesta,
qui a compris qu'un gars
a parfois besoin d'aller botter
le derrière des extra-terrestres.

REMERCIEMENTS

Un grand merci à Chris Metzen et à Bill Roper de Blizzard pour leur contribution ; à Rob Simpson et à Marco Palmieri de Pocket Books pour leur soutien et parce qu'ils ont insisté pour que nous fassions ce livre ; à Kevin J. Anderson et Rebecca Moesta, sans qui Gabriel Moesta n'existerait pas ; à Matt Bialer de Trident Media Group pour ses encouragements ; à Debra Ray d'AnderZone pour nous remonter le moral ; à Catherine Sidor, Diana E. Jones et Sarah L. Jones de WordFire, Inc., pour faire en sorte que tout se passe bien ; et à Jonathan Cowan, Kiernan Maletsky, Nick Jacobs, Gregor Myrhen et Wes Cronk pour nous avoir servi de « guides » dans *Starcraft* et pour leur inépuisable enthousiasme pour ce jeu.

1

Tandis qu'une étouffante nappe de ténèbres recouvrait la ville de Free Haven, les farouches colons se bousculaient pour échapper à la tempête. La nuit tombait brusquement sur la planète colonisée de Bekhar Ro – une nuit battue par le vent, mais sans aucune étoile.

Des nuages d'un noir d'encre tourbillonnaient à l'horizon, piégés par la chaîne de montagnes escarpées qui encerclait la large vallée abritant le cœur de la colonie agricole. Déjà, l'orage grondant crépitait au-dessus des crêtes montagneuses, comme un tir de barrage mal ciblé. Chaque déflagration explosait avec assez de puissance pour être enregistrée par les quelques sismographes encore en état de fonctionnement que les colons avaient plantés autour des territoires explorés.

Les conditions atmosphériques créaient des coups de foudre d'une intensité supersonique. Le simple grondement du tonnerre était parfois suffisant pour détruire. Et ce que le tonnerre supersonique épargnait, des éclairs laser le réduisaient en pièces.

Quarante ans plus tôt, lorsque les premiers colons avaient fui le gouvernement tyrannique de la Confédération Terrane, on leur avait fait croire qu'ils pourraient transformer cette planète en un nouveau jardin d'Eden. Aujourd'hui, après trois générations, les colons têtus refusaient d'abandonner.

Perchée sur le siège du passager à côté de son frère Lars, Octavia Bren regardait par le pare-brise griffé de rayures de la moissonneuse géante à bord de laquelle ils rentraient à toute allure vers la ville. Le fracas des chenilles mécaniques et le ronflement du moteur couvraient presque le tonnerre supersonique. Presque.

Les éclairs laser jaillissaient des nuages comme des épées de lumière, des javelots d'électricité statique qui grêlaient la terre de cicatrices vitreuses partout où ils frappaient. Ce spectacle rappela à Octavia des photos qu'elle avait vues à la bibliothèque, montrant un grand canon Yamato qui faisait feu à partir d'un cuirassé en orbite.

— Pourquoi, dans toute la galaxie, nos grands-parents ont-ils choisi de venir vivre précisément ici ? demanda-t-elle machinalement, tandis que les éclairs continuaient à percer des cratères dans les champs.

— Pour la beauté du paysage, bien sûr, plaisanta Lars.

Une pluie de grêle viendrait bientôt débarrasser l'air de son éternelle poussière de sable, mais elle saccagerait aussi les plantations de tritical et de mousse-salade qui avaient déjà grand-peine à pousser sur ce sol aride. Les colons de Free Haven ne disposaient pas de grosses réserves en cas de mauvaise récolte, et il y avait longtemps qu'ils ne demandaient plus d'aide extérieure.

Mais ils survivraient tant bien que mal. Comme toujours.

Lars voyait venir l'orage avec une étincelle d'excitation dans ses yeux noisette. Il avait beau avoir un an de plus que sa sœur, son sourire coquin lui donnait l'air d'un garnement imprudent.

— Je crois qu'on échappera au plus gros.

— Tu as toujours tendance à nous surestimer, Lars.

A l'âge de dix-sept ans, Octavia se faisait déjà remarquer par son caractère posé et son bon sens.

— Et c'est toujours à moi d'aller te sauver la peau.

Mais Lars semblait doté de réserves d'énergie et d'enthousiasme inépuisables. Octavia se cramponna à son siège tandis que le gros véhicule multifonction franchissait une tranchée en faisant craquer les pierres, avant de s'engager dans un large passage en terre battue entre les plantations, en direction des lueurs lointaines de la ville.

Peu après la mort de leurs parents, Lars avait eu l'idée insensée d'agrandir leurs terres cultivables et d'ajouter des stations minières automatisées à leurs possessions. Octavia avait tout essayé pour le dissuader. « Soyons pratiques, Lars. Nos quatre mains ne suffisent déjà pas à exploiter la ferme. Si nous nous agrandissons, nous aurons tellement de travail qu'il ne nous restera plus de temps pour rien d'autre – pas même pour fonder une famille. »

Une bonne moitié des filles en âge de se marier avaient déjà signé des requêtes pour épouser Lars – Cyn McCarthy trois fois ! – mais jusqu'à présent, celui-ci avait toujours refusé. Dans cet environnement hostile, les colons étaient considérés comme adultes dès l'âge de quinze ans, et beaucoup d'entre eux avaient femme et enfants avant leur dix-huitième anniversaire. Dans un an, Octavia serait confrontée à la même décision, et il n'y avait pas beaucoup de choix à Free Haven.

— Es-tu absolument certain de vouloir faire ça ? avait-elle fini par lui demander.

— Absolument. Ça vaut la peine de se donner du mal. Et une fois que nous serons établis, il nous restera toujours assez de temps pour nous marier, avait-il insisté en renvoyant d'un coup de tête en arrière ses longs cheveux couleur de sable. Octavia n'avait jamais pu résister à ce sourire.

— D'ici peu, Octavia, tout va changer, et alors tu me remercieras.

Lars était persuadé qu'ils pouvaient cultiver le sommet des coteaux de Back Forty, la crête montagneuse qui séparait leurs terres de la vallée voisine, elle-même fermée par une autre chaîne de montagnes douze kilomètres plus loin. Le frère et la sœur avaient donc aplani un nouveau lopin de terre vaguement cultivable à l'aide de leur moissonneuse-batteuse et planté de nouvelles céréales. Ils avaient aussi installé des stations minières automatisées sur les premiers contreforts rocheux des montagnes. Il y avait deux ans de cela.

A ce moment, une bourrasque gifla le large flanc métallique de la moissonneuse, faisant vibrer les vitres des fenêtres scellées. Lars compensa sur la colonne de direction et accéléra. Même après une longue journée de travail, il n'avait pas l'air fatigué.

Les éclairs laser qui zébraient le ciel laissaient des traînées de couleur sur la rétine d'Octavia. La lumière aveuglait Lars aussi, mais il ne ralentissait pas pour autant. Ils voulaient avant tout rentrer chez eux.

— Attention aux éboulis ! s'écria Octavia, dont les yeux verts perçants avaient repéré l'obstacle entre les torrents de pluie qui dégoulinaient sur les vitres de l'énorme tracteur.

Lars ignora la remarque et roula droit sur les rochers pour les écraser sous les chenilles du véhicule.

— Hé, ne sous-estime pas les capacités de notre machine !

— Oui, mais si tu bousilles une came hydraulique, ce sera à moi de réparer.

La moissonneuse multifonction, l'engin le plus

important dans l'équipement des colons de Bekhar Ro, était capable de passer au bulldozer, de labourer, de planter et de récolter. Certaines de ces énormes machines étaient dotées d'accessoires pour écraser les rochers, d'autres pourvues de lance-flammes. Ces véhicules s'avéraient également pratiques pour parcourir des distances de dix à vingt kilomètres en terrain accidenté.

La carrosserie, jadis luisante, avait pâli ; son beau rouge cerise disparaissait sous les égratignures et les taches de rouille. Mais le moteur ronronnait comme une berceuse, et c'était la seule chose qui comptait pour Octavia.

Elle vérifia le baromètre et l'indicateur de pression atmosphérique dans la cabine de la moissonneuse. Toutes les aiguilles étaient affolées.

— La tempête s'annonce violente.

— Les tempêtes sont toujours violentes ici. On est sur Bekhar Ro, après tout – qu'est-ce que tu espères ?

Octavia haussa les épaules.

— Je suppose que c'était assez bon pour papa et maman.

Quand ils étaient encore en vie.

Lars et Octavia étaient les seuls survivants de leur famille. Toutes les familles de colons sur Bekhar Ro avaient déjà perdu des amis ou des parents. Dompter un nouveau monde hostile était un labeur dangereux, ingrat, souvent tragique.

Mais les gens d'ici couraient toujours derrière leur rêve. Quarante ans plus tôt, ces colons épuisés avaient fui les barrières gouvernementales oppressantes de la Confédération pour s'installer sur la terre promise de Bekhar Ro. Ils rêvaient d'indépendance et voulaient repartir de zéro, loin du tumulte et des perpétuelles guerres civiles qui opposaient les divers mondes au sein de la Confédération.

Les premiers colons ne désiraient rien d'autre que la paix et la liberté. En idéalistes, ils avaient établi une agglomération centrale, baptisée Free Haven, où étaient entreposées des ressources que tous les colons pouvaient se partager. Les terres cultivables avaient été réparties de manière équitable entre les colons aptes à travailler. Mais l'idéalisme avait diminué au fur et à mesure que les efforts des colons se heurtaient à de nouvelles épreuves sur une planète qui ne répondait pas à leurs espoirs.

Pourtant, jamais personne n'avait proposé de retourner en arrière – et Octavia ou Lars moins que tout autre.

Les lumières de Free Haven se rapprochaient et brillaient comme un havre chaud et accueillant. Au loin, Octavia entendit la sirène d'alarme installée à côté de la tourelle à missiles sur la place principale. Annonçant la tempête, elle enjoignait aux colons de se mettre à l'abri. Mais tout le monde – du moins toute personne douée de sens – s'était déjà barricadé dans les maisons en préfabriqué pour se protéger de la tempête.

Ils laissèrent derrière eux les bâtiments et les plantations de la périphérie, traversèrent des fossés d'irrigation à sec et atteignirent le périmètre de la ville. L'agglomération, qui avait la forme d'un octogone, était cernée par une barrière basse, mais les portes donnant sur les artères principales n'étaient jamais fermées.

Un coup de foudre supersonique tomba si près que la moissonneuse en fut ébranlée. Lars serra les dents et poursuivit sa route. Octavia se revit enfant, assise sur les genoux de son père, quand elle riait du tonnerre parce qu'elle se savait en sécurité, avec sa famille, dans sa maison.

Vieillis rapidement par la vie rigoureuse sur cette planète, leurs grands-parents avaient eu l'honneur équivoque d'être les premiers colons enterrés dans le cimetière de Bekhar Ro, qui depuis ne cessait de se développer en dehors du périmètre octogonal de Free Haven. Et puis, peu après le quinzième anniversaire d'Octavia, l'épidémie de spores avait frappé.

Les frêles épis de tritical muté avaient été attaqués par un parasite qui déposait ici et là de minuscules flocons noirs sur quelques grains. La nourriture étant peu abondante, la mère d'Octavia avait trié les grains tachés pour elle et son mari, mettant de côté les grains propres pour nourrir ses enfants. Leur maigre repas avait été ce qu'il était chaque jour : fruste et sans saveur, mais suffisamment nourrissant pour les maintenir en vie.

Octavia se souvenait parfaitement de la dernière nuit. Elle avait été sujette aux migraines qui l'assaillaient parfois, et poursuivie par un sombre pressentiment. Sa mère l'avait expédiée tôt au lit, où elle avait fait de terribles cauchemars.

Le lendemain matin, réveillée dans une maison trop silencieuse, elle avait trouvé ses parents morts dans leur lit. Sous les draps trempés et tordus dans leurs spasmes d'agonie, les cadavres de son père et de sa mère n'étaient plus qu'une masse suintante de champignons bulbeux aux spores explosives, capables de désintégrer n'importe quelle chair en quelques minutes.

Lars et Octavia n'étaient jamais retournés dans cette maison, ils l'avaient brûlée entièrement, ainsi que les champs contaminés et les foyers de sept autres familles infectées par l'horrible parasite.

Ce coup terrible pour la colonie avait cependant resserré les rangs des survivants. Dans son discours, le nouveau maire, Jacob « Nik » Nikolai, avait délivré un éloge passionné en l'honneur des victimes de l'épidémie et rallumé la flamme de l'indépendance pour convaincre les colons de rester sur Bekhar Ro. Ils avaient déjà surmonté tant de difficultés, survécu à tant d'épreuves – ils survivraient encore une fois.

Emménageant ensemble dans une maison vide en préfabriqué située en bordure de Free Haven, Octavia et Lars avaient recommencé leur vie. Ils faisaient des projets. Ils s'agrandissaient. Ils suivaient le rendement de leurs mines automatiques et surveillaient à l'aide de sismographes les éventuelles perturbations tectoniques susceptibles d'affecter leur travail. Chaque jour, ils partaient aux champs et travaillaient côte à côte pour ne rentrer que longtemps après le coucher du soleil. Ils travaillaient plus dur, prenaient plus de risques... et survivaient.

Quand ils eurent franchi les portes de la ville, alors qu'ils contournaient la place principale pour rejoindre leur maison, la tempête éclata dans toute sa rage. Un mur oblique de pluie et de grêle s'abattit sur la moissonneuse qui slalomait entre les lumières et les portes barricadées des huttes aux murs métalliques. Leur maison ressemblait à n'importe quelle autre, mais Lars la retrouva instinctivement, malgré la pluie aveuglante.

Il gara le gros véhicule sur l'esplanade de gravillons devant la maison, mit les chenilles au point mort et coupa le moteur pendant qu'Octavia se coiffait d'un chapeau renforcé et s'apprêtait à bondir hors de la cabine pour courir jusqu'à la porte. Dans un pareil ouragan, parcourir quinze mètres équivalait déjà à une désagréable aventure.

Avant que les systèmes de la moissonneuse ne soient définitivement éteints, Octavia vérifia d'un coup d'œil la quantité de fuel dans le réservoir, ce que son frère oubliait toujours.

— Il faudra penser à faire le plein de gaz Vespene à la raffinerie.

Lars saisit la poignée de la portière et baissa la tête.

— Demain, demain. Rastin est probablement blotti au fond de sa hutte en train de maudire le vent. Ce vieux grigou n'est pas plus amateur de tempêtes que moi.

Il actionna la poignée et s'élança juste à temps pour éviter la portière brutalement rabattue par une violente bourrasque de vent. Octavia sortit de l'autre côté, sautant du marche-pied sur les grosses chenilles du tracteur, puis sur le sol.

Ils filèrent en flèche vers la maison, frappés de plein fouet par la grêle comme par les plombs d'un fusil de chasse. Lars ouvrit la porte d'entrée et ils se réfugièrent à l'intérieur, trempés et ébouriffés. Au moins, ils étaient à l'abri.

Le tonnerre supersonique gronda une nouvelle fois à travers le ciel. Pendant que Lars défaisait la fermeture de son blouson, Octavia ôta son chapeau tout dégoulinant qu'elle fourra dans un coin, puis augmenta les lumières pour vérifier le sismographe qu'ils avaient installé dans leur bicoque.

Rares étaient les colons qui se souciaient encore de surveiller les conditions atmosphériques ou les activités souterraines de la planète, mais Lars avait jugé important de placer des sismographes dans leurs stations minières des collines de Back Forty. Naturellement, Octavia avait été chargée de réparer du matériel de récupération et de l'installer.

Mais, au bout du compte, Lars avait vu juste. Au cours des derniers temps, les tremblements de terre s'étaient multipliés, résultat d'une onde de choc dont l'origine provenait des montagnes situées de l'autre côté de la vallée voisine.

Il ne nous manquait plus que ça, pensa Octavia en observant le sismographe d'un air soucieux.

Lars vint la rejoindre pour lire les données enregistrées par l'appareil. La longue ligne accidentée semblait avoir été tracée par la main d'un vieillard accro à la caféine. Lars identifia plusieurs petits îlots de hachures qui correspondaient sans doute aux coups de foudre supersonique, mais pas de phénomènes sismiques majeurs.

— Voilà qui est intéressant. N'es-tu pas contente qu'il n'y ait pas eu de tremblement de terre aujourd'hui ?

Octavia savait que cela se produirait avant même que son frère ait fini de parler. Etait-ce l'une de ses étranges prémonitions ou simplement le constat découragé que les choses pouvaient encore empirer ?

Juste au moment où Lars esquissait un sourire farceur, le sol se mit à tressauter comme si la terre ridée de Bekhar Ro faisait un cauchemar. Octavia espéra tout d'abord qu'il ne s'agissait que d'un coup de foudre supersonique tombé à proximité, mais le tremblement s'intensifiait, creusant le plancher sous leurs pieds et secouant toute la structure préfabriquée de la maison.

Lars banda ses muscles puissants pour garder l'équilibre et surmonter le tremblement. Ils virent l'aiguille du sismographe dessiner des écarts de plus en plus grands.

— Les lectures sont hors d'échelle !

— Et ce n'est même pas centré *ici* ! s'exclama Octavia avec surprise.

— C'est à une quinzaine de kilomètres d'ici, de l'autre côté de la crête montagneuse.

— Super ! Pas loin de l'endroit où nous avons installé toutes nos stations minières.

A ce moment, le sismographe rendit l'âme, ses lecteurs saturés. Le séisme continua à ébranler le sol pendant des instants qui parurent une éternité. Finalement, les secousses se mirent à diminuer.

— On dirait que tu vas avoir du boulot de réparation demain, Octavia.

— J'ai toujours du boulot de réparation.

Dehors, l'orage redoublait d'ardeur. Assis en silence, le frère et la sœur restèrent morfondus à attendre que la tempête se fût calmée.

— Tu veux jouer aux cartes ? demanda Lars.

A ce moment, toutes les lumières de leur refuge s'éteignirent d'un seul coup et ils se retrouvèrent plongés dans une obscurité totale, percée uniquement par la lueur intermittente des éclairs laser.

— Pas ce soir, répondit-elle.

2

LA REINE DE PIQUE.

Jadis, elle s'appelait Sarah Kerrigan, à l'époque où elle était encore autre chose... à l'époque où elle était un être humain.

A l'époque où elle était *faible*.

Elle se rassit entre les parois organiques palpitantes de la Ruche Zerg en pleine activité. Des créatures monstrueuses évoluaient dans l'ombre, guidées par chacune de ses pensées, agissant au service de sa plus grande entreprise.

Grâce à ses pouvoirs mentaux et au contrôle de ces abominables créatures destructrices, une Sarah Kerrigan métamorphosée avait établi la nouvelle Ruche sur les ruines encore fumantes de la planète Char. C'était un monde gris, dévasté et saturé de radiations cosmiques potentielles. Cette planète avait longtemps été un champ de bataille. Seuls les plus forts pouvaient survivre ici.

La race vicieuse des Zerg savait comment s'adapter, comment survivre, et Sarah Kerrigan avait fait la même chose pour devenir l'une d'entre eux. Eduquée en Ghost aux talents psy, elle avait été pour la Confédération Terrane un agent d'espionnage doué de grands pouvoirs télépathiques, avant d'être capturée par l'Overmind Zerg et métamorphosée.

Sa peau, renforcée par des cellules de polymère armé, était d'un vert argenté luisant, huileux. Ses yeux jaunes et luisants étaient cernés de plaques de peau plus sombres qui ressemblaient à des blessures ou à des ombres. Ses cheveux s'étaient transformés en tentacules de Méduse – segments articulés semblables aux pattes aiguës d'une araignée venimeuse. Chaque tentacule frémissait au fur et à mesure que de nouveaux projets brûlaient dans son cerveau. Son visage avait conservé une beauté délicate capable d'inspirer un moment d'hésitation à une victime humaine – lui laissant le temps de frapper.

Lorsqu'elle surprenait son propre reflet dans un miroir, Sarah Kerrigan se rappelait parfois ce que c'était que d'être humaine, d'être jolie – à la manière des humains – et qu'elle avait jadis aimé un homme du nom de Jim Raynor, qui était lui aussi très amoureux d'elle. *Des sentiments, des faiblesses humaines.*

Jim Raynor. Elle essayait de ne plus y penser. Aujourd'hui, elle n'aurait plus aucun scrupule à tuer ce grand gaillard jovial, avec sa moustache à la gauloise, si on le lui demandait. Elle ne regrettait pas ce qui lui était arrivé, puisqu'elle avait dorénavant une mission plus importante à remplir.

Sarah Kerrigan était beaucoup plus qu'une simple Zerg.

Toutes les catégories de minions Zerg s'étaient adaptées en mutant à partir d'autres espèces qu'ils avaient envahies et infectées. En puisant dans un catalogue d'ADN et d'attributs physiques en perpétuelle évolution, les Zerg étaient capables de vivre n'importe où. Leurs essaims proliféraient aussi bien sur la blême planète Char qu'ils l'avaient fait sur la colonie Terrane de Mar Sara.

Une espèce vraiment magnifique.

L'essaim Zerg pouvait balayer la galaxie d'un monde à l'autre, dévorant et infestant tout ce qu'il touchait. De par leur nature, les Zerg étaient en mesure d'endurer des pertes catastrophiques sans pour autant cesser de se développer, de dévorer.

Mais récemment, au cours de la guerre contre les Protoss et la Confédération Terrane, le tout-puissant Overmind avait été détruit. Et cela avait failli causer la perte des essaims Zerg.

Au début, après qu'ils eurent eu infesté les deux colonies Terranes excentrées de Chau Sara et Mar Sara, leur victoire semblait assurée. Ils se multipliaient sans que le reste de la Confédération se rende compte du danger. Mais une flotte armée Protoss – que les humains n'avaient encore jamais vue – était alors venue stériliser la surface de Chau Sara. Si cette attaque inattendue avait mis fin à l'infection Zerg, elle avait aussi coûté la vie à des millions de colons humains innocents, et la Confédération Terrane avait donc immédiatement riposté à cette agression injustifiée. Le commandeur Protoss n'ayant pas eu le courage de détruire la seconde planète, Mar Sara, les Zerg avaient pu continuer à y proliférer sans témoins.

Finalement, les minions Zerg avaient saccagé Tarsonis, la capitale de la Confédération Terrane. Et Sarah Kerrigan, Ghost humain, agent secret aux pouvoirs psy, avait été trahie par ses propres compagnons de bataille et infestée par les Zerg. Lorsqu'il avait découvert les incroyables dons télépathiques de Sarah Kerrigan, l'Overmind avait décidé de l'utiliser pour une mission spéciale.

Mais, alors que la planète d'origine des Protoss, Aiur, allait être définitivement conquise, un guerrier Protoss avait détruit l'Overmind lors d'une explosion kamikaze qui avait décapité la Ruche Zerg et fait de lui un héros.

Et Sarah Kerrigan, la Reine de Pique, n'avait plus eu qu'à ramasser les morceaux.

Désormais, le contrôle de cette race vicieuse et grouillante reposait entre ses mains crochues. Elle avait l'opportunité extraordinaire de transformer cette planète en un nouveau berceau pour la race Zerg parfaite. Les essaims recommenceraient à se développer.

Sous ses ordres, quelques Bourdons rescapés s'étaient métamorphosés en Couveuses. Les partisans Zerg de Kerrigan avaient trouvé et livré suffisamment de minéraux et de matières premières pour convertir ces Couveuses en Repères plus sophistiqués, puis en Ruches entières. A partir des nombreuses larves élevées dans les Couveuses, elle avait fondé des Creep Colonies, des Extracteurs, des Spawning Pools. Rapidement, le tapis organique de Creep Zerg s'était étendu sur la surface carbonisée de la planète. Sa substance nutritive servait d'aliment et donnait de l'énergie aux divers minions de la nouvelle colonie.

C'était tout ce dont Sarah Kerrigan avait besoin pour relancer la race blessée, mais invincible, des Zerg.

Elle était assise, environnée de lumière. Son cerveau fourmillait de renseignements que lui transmettaient les quelques dizaines d'Overlords survivants, vastes esprits chargés d'escorter les essaims dans les missions que leur dictait leur Reine de Pique. Elle ne se détendait pas un seul instant, elle ne dormait jamais. Il y avait trop de travail, trop de projets à mettre en place... trop de vengeances à assouvir.

Sarah Kerrigan fit jouer les longs doigts de ses mains et battit l'air de ses griffes pointues comme des fleurets qui pouvaient déchiqueter un adversaire – *n'importe quel adversaire*, le rebelle Arcturus Mengsk qui l'avait trahie ou le général Edmund Duke dont l'inefficacité avait entraîné sa capture et sa métamorphose.

Son regard s'attarda sur l'une de ses griffes. Elle imagina qu'elle la faisait glisser sur la gorge de l'orgueilleux général et voyait son sang frais jaillir en gouttes chaudes. Même s'ils n'avaient pas eu l'intention de lui rendre service, Edmund Duke et Arcturus Mengsk lui avaient donné la chance de devenir la Reine de Pique, de porter sa force et sa rage à leur maximum. Comment pourrait-elle leur en vouloir ?

Et pourtant… elle voulait les tuer.

Dans la ruche autour d'elle, des Zerglings s'agitaient. Chacun de la taille d'un chien qu'elle avait possédé dans son enfance, ils avaient une forme de lézard, mais dans une carapace d'insecte, avec des pinces claquantes et de longs crocs acérés. Ces créatures étaient de véritables petites machines à tuer, très rapides, capables de fondre sur une armée ennemie comme une bande de piranhas voraces et de tailler les soldats en pièces.

Sarah Kerrigan les trouvait beaux, elle portait sur eux le regard qu'une mère porte sur son enfant chéri. Elle caressa le dos vert et luisant du Zergling le plus proche d'elle. En réponse, il fit glisser ses pinces sur la peau quasi indestructible de la reine et la mordilla du bout des crocs – une caresse qui aurait pu être de la tendresse…

Le périmètre de la colonie Zerg était patrouillé par de hideuses Hydralisks, certaines des plus effrayantes créatures Zerg. Des Gardiens volants, semblables à des crabes, s'élançaient dans les airs, prêts à lâcher un jet d'acide qui détruirait n'importe quelle menace à terre.

L'essaim Zerg était en parfaite sécurité.

Sarah Kerrigan ne se faisait pas de souci, elle n'avait pas peur non plus, mais elle était prudente. Si elle le désirait, elle pouvait tout voir par les yeux de ses minions, mais elle s'agitait inlassablement sur ses muscles puissants.

En même temps qu'un reste d'ambition humaine et la morsure de la trahison, elle ressentait un besoin urgent de conquête qui provenait de ses nouveaux gènes Zerg.

Des éternités plus tôt, la race ancienne et mystérieuse des Xel'Naga avait créé la race Zerg, leur production la plus parfaite, implacable et pure. Kerrigan sourit en songeant à l'ironie de la situation : les Zerg étaient tellement parfaits qu'ils s'étaient retournés contre leurs créateurs et avaient infesté les Xel'Naga.

Maintenant qu'elle tenait entre ses mains les commandes de tous les essaims, Sarah Kerrigan s'était juré de mener les Zerg au zénith de leur destinée.

Cependant, comme elle se rasseyait dans la Ruche et contemplait les créatures grouillantes s'affairant à amasser des matières premières pour préparer la guerre, la Reine de Pique sentit un infime relent de pitié humaine dans son cœur.

Elle eut pitié de *tous ceux* qui croiseraient son chemin.

3

Comme si la météo voulait les narguer par ses caprices, le lendemain matin se leva clair et radieux sur Bekhar Ro. Octavia repensa aux images idylliques de la planète que l'équipe de reconnaissance avait montrées à ses grands-parents pour les convaincre de s'installer ici avec le premier groupe de colons désespérés.

Ce n'était donc peut-être pas uniquement des mensonges, après tout…

Lorsqu'ils ouvrirent la porte de leur demeure, un filet d'eau de pluie coula du porche et vint s'écraser sur le sol gorgé d'eau. Loin au-dessus d'eux, la forme angulaire d'un faucon planait dans le ciel à la recherche de cadavres de lézards noyés charriés par les flots.

Pataugeant dans la boue qui séchait, Octavia alla jusqu'à la moissonneuse. Elle secoua ses courtes boucles brunes et se mit au travail. Après avoir parcouru la carrosserie d'un œil expert, elle nota des dizaines de nouveaux petits cratères qui donnaient au métal l'apparence d'une écorce d'orange. Evidemment, sur Bekhar Ro, personne ne se souciait de repeindre l'équipement tant qu'il fonctionnait. Elle constata avec satisfaction que la tempête n'avait pas endommagé sérieusement la machine.

Ici et là, dans les rues de la ville, les colons s'éveillaient et sortaient de leurs maisons pour mesurer l'étendue des dégâts, comme ils l'avaient fait si souvent déjà. Dans une maison voisine, Abdel et Shayna Bradshaw étaient déjà en train de se chamailler, effarés devant l'ampleur des travaux de réparation qui les attendaient. De l'autre côté de la rue, Kiernan et Kerstin Warner saluèrent d'un geste Cyn McCarthy qui trottinait en direction de la maison du maire, située au centre de la ville. Malgré le désastre, un sourire optimiste éclairait le visage couvert de taches de rousseur de Cyn, une fille au grand cœur qui avait l'habitude de proposer son aide un peu partout mais oubliait souvent de tenir ses promesses.

Sur cette planète où il n'existait pas de saison des pluies, les tempêtes étaient toujours imprévisibles et les colons devaient constamment réparer les dommages causés par les intempéries. Ils relabouraient avec acharnement les champs dévastés et plantaient en alternance des grains d'orge, de trifical et de mousse-salade, espérant ainsi récolter plus qu'ils n'avaient perdu. Ils s'efforçaient de faire deux pas en avant avant d'être contraints à faire un pas en arrière.

L'épidémie de spores avait coûté la vie à quatre des meilleurs scientifiques de la colonie, dont le mari de Cyn McCarthy, Wyl, un ingénieur chimique de la deuxième génération. Au cours des premières décennies, les scientifiques s'étaient efforcés d'exploiter les ressources et l'environnement de la planète, opérant des modifications biologiques sur les grains et les animaux pour augmenter leurs chances de survie. Free Haven avait été stable pendant quelque temps, les terres cultivables s'agrandissaient lentement.

Mais, après la mort de ces hommes instruits, les autres colons avaient eu trop de mal à survivre pour apprendre de nouvelles spécialités. Ils poursuivaient leurs tâches de fermiers, de mécaniciens, de mineurs, à longueur de journée, sans trouver le temps d'explorer ou de se développer. L'avis général, exprimé par le maire Nikolai, était que la recherche scientifique et l'exploration de la planète étaient un luxe qui pouvait attendre.

— Des dégâts graves ? demanda Lars à sa sœur quand elle eut fini d'inspecter la grosse moissonneuse.

Octavia frotta ses phalanges sur la portière éraflée.

— Quelques cicatrices de plus. Rien que du cosmétique.

— Des grains de beauté. Ça donne du caractère.

Quand Lars ouvrit la portière, l'eau de la grêle fondue coula hors de la cabine sur les plates chenilles de métal.

— Il faut aller à Back Forty pour vérifier les sismographes et les stations minières. Ce tremblement de terre a dû méchamment les secouer.

Octavia sourit. Elle connaissait son frère.

— Et tant que nous serons là-haut, tu vas vouloir vérifier si les séismes n'ont pas déterré quelque chose.

Il lui décocha son sourire irrésistible.

— Ça fait partie du travail. On a enregistré des secousses assez violentes qui pourraient avoir eu un effet intéressant. Et tu sais *parfaitement* qu'aucun autre colon ne se donnera la peine d'aller voir.

Les baromètres et sismographes installés des dizaines d'années plus tôt par les scientifiques sur le périmètre de la vallée continuaient à enregistrer les perturbations, et Lars prenait parfois le temps d'aller lire les données. Mais la plupart des colons préféraient ne pas quitter l'enceinte rassurante de leur vallée cultivée. Ils produisaient suffisamment de nourriture pour rester en vie, extrayaient assez de minerai pour réparer leurs outils et ne s'aventuraient pas plus loin.

Dans le passé, certains colons avaient tenté de s'installer hors de la vallée principale. Quelques-uns avaient quitté Free Haven à la recherche de terrains plus fertiles pour y établir une ferme. Mais ces hameaux lointains avaient succombé l'un après l'autre aux épidémies ou aux catastrophes naturelles, et les rares survivants s'étaient réfugiés dans la ville.

Octavia grimpa dans la moissonneuse et Lars mit le moteur en marche. Elle claqua la portière juste au moment où les grosses chenilles commençaient à bouger. D'autres colons partaient dans leurs propres véhicules inspecter les champs, craignant le pire.

Octavia et Lars conduisirent la moissonneuse loin en direction des collines. Lars avait un véritable esprit de pionnier, il était toujours impatient de découvrir de nouveaux gisements de minerai, des geysers de Vespene, des terres fertiles. La moindre découverte suffisait à le rendre heureux. De son côté, Octavia désirait avant tout réaliser le rêve de ses parents et transformer Bekhar Ro en un lieu où ils seraient fiers de vivre. Un jour.

Tandis que le gros véhicule traversait la vallée en cahotant, Octavia remarqua que les fragiles plantations avaient beaucoup souffert de la tempête. La grêle et le tonnerre supersonique avaient couché les longs épis dans le sol boueux et attaqué les fruits encore verts, tandis que les éclairs laser avaient incendié les vergers rabougris.

Quelques fermiers hardis s'affairaient déjà à récupérer ce qui pouvait être sauvé. En sueur dans leurs combinaisons de travail, Ghandi et Liberty Ryan érigeaient à grand-peine des bulles de protection au-dessus des semis, secondés par leur employé d'adoption, Brutus Jensen, et leurs trois enfants. Les membres de la famille étaient trop fatigués pour échanger quelques paroles pendant leur travail ; seul Brutus Jensen fit un signe de la main à Octavia et Lars qui passaient, les Ryan se contentèrent de hocher la tête.

Quelques kilomètres plus loin, la route se réduisait à guère plus qu'un sentier marqué sur un écran de navigation. Le frère et la sœur firent une brève pause à la limite extrême du territoire officiellement colonisé.

Lars laissa le moteur de la moissonneuse en marche pendant qu'il criait en direction d'une cabane entourée de hangars :

— Hé, Rastin ! Sors un peu de cette satanée raffinerie et viens remplir nos réservoirs. Ou bien as-tu respiré trop de gaz Vespene ?

Le vieux prospecteur dégingandé rôdait entre les pompes chuintantes et palpitantes qu'il avait naguère aménagées autour d'un groupe de geysers chimiques dont il s'était déclaré propriétaire. Old Blue, son énorme chien, sortit de sa niche sous le porche de métal rouillé.

Le chien retroussa les babines, hérissa son pelage bleu ciel et se mit à grogner, mais Octavia descendit de la moissonneuse et frappa dans ses mains.

— Tu ne me la fais pas à moi, vieille bête !

Avec un aboiement joyeux, Old Blue bondit vers elle en agitant sa large queue. Elle lui flatta la tête et le garrot, tentant vainement d'éviter qu'il pose ses pattes boueuses sur sa salopette.

Rastin et Lars échangèrent des lamentations et des insultes – car c'était la manière qu'avait le vieux prospecteur de conduire ses affaires – mais leurs réservoirs furent remplis en un clin d'œil. Octavia n'avait jamais su si le vieux type était un bon travailleur ou s'il avait simplement hâte de renvoyer ses visiteurs pour retrouver sa solitude.

L'un des rares survivants de la première génération de

colons sur Bekhar Ro, Rastin vivait seul et en parfaite indépendance depuis quarante ans. Il avait toujours voulu quitter la Confédération Terrane et aurait sans doute préféré un monde désert pour lui tout seul ; la petite colonie sur cette planète était ce qu'il avait trouvé de mieux.

Rastin vivait dans une cabane construite à partir d'éléments hétéroclites et maintes fois réparée. Il avait établi sa raffinerie près d'un groupe de quatre geysers à Vespene dont l'un s'était déjà tari. Les trois geysers encore en activité produisaient cependant suffisamment de fuel pour les besoins modestes de la colonie.

Après avoir fait le plein de la moissonneuse, le vieux prospecteur les renvoya d'un geste rude qui ressemblait à du dégoût. Octavia caressa la grosse tête d'Old Blue avant de grimper sur les chenilles boueuses de l'engin. Repérant un rongeur poilu qui fuyait entre les rochers brisés, le chien bondit à sa poursuite avec la grâce d'une mule.

Rastin se remit à bricoler en rouspétant parce qu'un autre de ses geysers avait cessé de produire depuis le tremblement de terre. Il donna un brusque coup de pied dans la pompe, mais cette tactique très personnelle de réparation resta sans résultat.

Quittant le domicile de Rastin, Lars et Octavia abordèrent la pente raide des collines en direction de la crête montagneuse qui formait la frontière de la vallée. Le terrain devenait beaucoup plus difficile. Back Forty s'étendait loin au-delà du territoire potentiel qui avait été délimité pour les familles coopératives. A partir de là, le droit d'exploiter le minerai et les ressources de la terre était accessible à n'importe quel colon ayant l'ambition et le temps d'élargir ses territoires. Lars et Octavia avaient donc déposé une demande et obtenu des terrains en supplément des champs qu'ils avaient hérités de leurs parents et grands-parents.

Le matin se réchauffait peu à peu et le soleil orange montait dans le ciel, chassant les ombres. La moissonneuse escaladait une pente particulièrement raide sur des chemins que seul Lars avait déjà empruntés.

— Nos stations minières ne fonctionnent toujours pas, dit-il d'une voix creuse. Et c'est tout ce que je peux dire.

Il arrêta l'engin et Octavia s'aperçut que leurs installations automatiques penchaient piteusement sur leurs supports, manifestement endommagées et hors d'état.

— Vas-y, Octavia, c'est toi l'expert.

Elle descendit du véhicule, poussa un soupir, puis alla mesurer l'étendue des dégâts. En étudiant le panneau de contrôle de la tourelle informatique, elle fut surprise par le nombre de voyants rouges allumés simultanément.

En temps normal, ces appareils évoluaient sur les pentes rocheuses, prélevaient des échantillons de minerai et indiquaient les gisements qui valaient la peine d'être exploités. Après quoi, des tourelles informatiques étaient mises en place pour que le travail d'excavation se poursuive jusqu'à l'exploitation d'une veine importante, pendant que les scouts mécanisés continuaient à chercher d'autres sites.

Lars laissa sa sœur travailler.

— Je grimpe jusqu'au sommet de la crête pour vérifier les sismographes. Je pourrai peut-être les réparer moi-même.

— Ne t'en prive surtout pas, souffla Octavia qui n'y croyait guère.

Sautant de rocher en rocher, Lars escalada la pente rocheuse et parvint au sommet, d'où il scruta la vallée voisine. Après un long silence, Octavia l'entendit crier :

— Octavia, viens un peu par ici !

Elle leva la tête, referma la porte de la tourelle et se redressa.

— Qu'est-ce qu'il y a ?

Mais Lars était déjà en train de grimper vers un autre promontoire plus élevé d'où il aurait une meilleure vue. Il poussa un long sifflement.

— Alors là, *ça*, c'est intéressant !

Octavia le rejoignit tout en passant en revue dans sa tête les différentes astuces qu'il lui faudrait déployer pour réparer les stations minières. Elle savait que Lars était facilement distrait.

Du sommet, elle jeta un long regard vers la vallée voisine et remarqua aussitôt les bouleversements causés par le tremblement de terre de la nuit précédente. De nouveaux geysers Vespene crachaient leurs volutes de vapeur blanche argentée vers le ciel, assez nombreux pour subvenir aux besoins de la colonie pendant plusieurs dizaines d'années.

Mais ce n'était pas cela qui avait attiré l'attention de Lars.

— Qu'est-ce que c'est que ça, à ton avis ?

Il désigna d'un geste brusque l'arête montagneuse qui fermait l'autre côté de la vallée en cuvette, à douze kilomètres de Free Haven. Jusqu'alors, la ligne d'horizon était marquée par un pic proéminent en forme de cône qui pointait vers le ciel. Mais c'était hier.

La terrible tempête et les violentes secousses sismiques avaient provoqué une immense avalanche et broyé un pan entier de la montagne. Les rochers s'étaient effondrés, comme si on avait arraché la croûte d'une plaie, et exposaient à la lumière quelque chose de très étrange – et totalement surnaturel – au cœur de la montagne.

Et cela brillait.

Lars et Octavia retournèrent au galop vers la moissonneuse. Le gros véhicule cahota sur le terrain rude jusqu'au sommet de la crête, puis plongea la tête la première dans le passage le plus facile menant à la vallée adjacente. Octavia n'avait jamais vu Lars conduire si vite, mais elle ne se plaignait pas. Pour une fois, elle était aussi impatiente que lui de découvrir de quoi il s'agissait.

Lars fonçait entre les geysers sifflants et les nuages de gaz qui leur piquaient les yeux, laissant de profondes traces de pneus dans le sol mou de la vallée. De petits animaux d'une espèce qu'Octavia ne connaissait pas — de toute façon, ils n'étaient certainement pas comestibles — détalèrent sur leur chemin.

Finalement, le véhicule s'immobilisa d'un seul coup au pied de l'avalanche. A travers le pare-brise poussiéreux, Octavia distinguait une énorme structure. Fascinés et troublés, le frère et la sœur observèrent la chose en silence avant de sauter ensemble hors de la moissonneuse pour aller regarder de plus près.

Ils n'avaient pas la moindre idée de ce que pouvait être cet objet.

L'incroyable chose, auparavant enfouie dans la montagne, vibrait maintenant comme une gigantesque ruche résineuse. Ses murailles en volutes et ses parois incurvées étaient toutes trouées et percées de passages où soufflait le vent. Son architecture n'obéissait à aucun plan connu, ne suivait aucune logique qu'Octavia aurait pu comprendre.

Mais la chose était manifestement d'origine extra-terrestre. Peut-être organique.

— J'ai l'impression que nous ne sommes pas seuls sur cette planète, dit-elle.

4

Le monde abandonné n'avait pas de nom. La planète était si méconnue qu'elle ne figurait pas même sur les chartes Protoss les plus détaillées.

L'érudite Xerana posa le pied sur les ruines poussiéreuses et érodées de ce qui avait dû être un avant-poste Xel'Naga. Elle était probablement le premier être vivant à parcourir ces lieux depuis que les ancêtres avaient disparu pour entrer dans l'histoire et la légende. Cette idée l'émerveilla et elle regretta de ne pouvoir partager cette expérience avec le reste de la race Protoss.

Ses larges pieds noueux faisaient crisser les petits galets et les décombres. Sans aucun doute, tout ceci avait été une ville magnifique, des siècles plus tôt. L'air silencieux était encore chargé d'une odeur de poussière et de mystère.

Comme tous les Dark Templar, Xerana avait été bannie de la société Protoss et exilée de sa chère planète natale, Aiur. Lorsque la caste des Judicateurs Protoss avait ordonné que tous les membres de la race suivent la voie du Khala, une union télépathique connectant tous les Protoss en un océan de pensées, les Dark Templar avaient refusé d'obéir. Déclarés hors-la-loi, ils étaient désormais persécutés parce qu'ils pensaient que le Khala les priverait de leur individualité en les absorbant dans un esprit subconscient tout-puissant.

Les sévères Judicateurs les avaient chassés et continuaient à les poursuivre, mais les exilés n'en voulaient pas aux Protoss. Ils étaient tous issus de la race fabuleuse des Xel'Naga. Même si les partisans du Khala ne s'accordaient pas avec les Dark Templar sur des sujets essentiels, Xerana et ses camarades considéraient toujours les Premiers Nés – les Protoss – comme leurs frères et sœurs.

Parce qu'ils tentaient de s'améliorer d'une manière que les autres Protoss refusaient de prendre en compte, les Dark Templar avaient pu accéder à de nouvelles sources d'information. Xerana elle-même avait découvert de nombreux objets de la civilisation Xel'Naga et percé certains secrets du Vide. Les autres Protoss ne disposaient pas de tels moyens, et peut-être n'apprendraient-ils jamais – à moins de cesser de haïr les Dark Templar…

Dans ce paysage silencieux, hanté, Xerana marchait sous un ciel orange à travers les ruines poudreuses. Même pour un Dark Templar, elle était particulièrement solitaire et érudite. Elle voulait à tout prix réunir des informations sur la race ancienne qui avait créé les Protoss et, beaucoup plus tard, les hideux Zerg.

Mais les ruines de cette planète abandonnée étaient rongées par l'érosion, les restes les plus impressionnants avaient été réduits à néant. Xerana ne se laissa pas décourager et continua à chercher.

Levant les yeux, elle vit qu'un cortège de nuages grisâtres envahissait le ciel orange et se demanda si une tempête se préparait, si elle était en danger. Mais les nuages gris ne tardèrent pas à se dissiper. Xerana reprit sa fouille minutieuse des décombres.

Lorsque le crépuscule tomba, elle se plut à imaginer les activités qui distrayaient les Xel'Naga dans la soirée. Elle savait que les anciens avaient déambulé ici dans la pénombre, et maintenant elle suivait leurs traces.

Les Xel'Naga, également appelés Voyageurs du Lointain, étaient une race pacifique et bienfaisante, mue par l'ambition d'étudier et de propager la science dans tout l'univers. Après de nombreuses expériences dans d'autres mondes, les Xel'Naga étaient arrivés dans la jungle d'Aiur et avaient concentré leurs efforts sur les indigènes de cette planète, guidant secrètement leur évolution vers la civilisation jusqu'à ce qu'ils deviennent les Protoss, les Premiers Nés.

Mais lorsque les Xel'Naga, satisfaits et triomphants, se firent connaître des Protoss, ils causèrent involontairement un chaos indescriptible. Les tribus Protoss se divisèrent et trouvèrent chacune leurs propres moyens de se développer. Quelques tribus se rebellèrent même contre les Xel'Naga et finirent par chasser les Voyageurs du Lointain, avant de se livrer mutuellement une guerre civile sanglante et interminable entrée dans l'histoire sous le nom d'Eternité de Conflit.

Finalement, les Protoss sauvèrent leur civilisation en réunifiant leur race grâce à un lien télépathique et religieux baptisé Khala. Pendant de nombreux siècles, le Khala permit aux Protoss de reprendre des forces, mais il engendra également un système de castes rigide, limita la pensée autonome et anéantit toute distinction entre les individus. L'adhésion à la voie du Khala était obligatoire et strictement surveillée par des chefs politico-religieux nommés Judicateurs.

Quelques tribus Protoss refusèrent le Khala et préférèrent s'en séparer pour conserver leur précieuse individualité. Pendant longtemps, l'existence de ces rebelles demeura secrète. Mais bientôt sonna l'heure de la persécution et, finalement, le conclave des Judicateurs bannit toutes les tribus hors-la-loi, plaçant leurs membres à bord d'un vaisseau Xel'Naga abandonné qu'ils lâchèrent dans le Vide.

Ces rebelles exilés étaient devenus les Dark Templar, toujours loyaux à la race qui les avait chassés, mais voracement curieux et brûlant de découvrir le secret de leurs origines. Xerana était l'une d'entre eux, elle avait besoin de savoir pourquoi les Xel'Naga avaient jugé que les Protoss étaient un échec, pourquoi ils n'étaient jamais revenus, et pourquoi ils avaient plus tard consacré leurs efforts à créer la race vicieuse des Zerg.

Comme les autres Dark Templar, Xerana était à la fois une guerrière, une exploratrice et une érudite. Elle avait déjà déchiffré une grande partie de la tradition Xel'Naga. D'autres Dark Templar avaient aussi assimilé certains pouvoirs du Vide et appris des techniques psy secrètes que le reste de la race Protoss ne comprenait pas…

La nuit tombait sur ce monde sans nom, mais Xerana ne rejoignit pas immédiatement son vaste vaisseau en orbite. Ses yeux dorés étincelants comme des gemmes s'adaptèrent à l'obscurité, ses pouvoirs télépathiques augmentèrent et elle poursuivit ses recherches. Son corps mince et musculeux était drapé dans de sombres étoffes retenues par une large ceinture sur laquelle des hiéroglyphes indiquaient sa qualité d'érudite. Porter ce vêtement était pour Xerana une question de formalité et de fonction, jamais un souci de bien-être personnel. Sur la large collerette de son habit était agrafée une fine tablette gravée qu'elle avait découverte lors d'une excavation antérieure. Sur ce fragment, la main d'un poète Xel'Naga depuis lontemps oublié avait inscrit des mots indéchiffrables. C'était son trésor le plus précieux.

Un peu plus loin, Xerana trouva des colonnes brisées,

des piliers érodés dont la pierre avait été polie par le vent. Elle parvint néanmoins à comprendre l'agencement de l'architecture d'ensemble, similaire à celle de plusieurs temples qu'elle avait vus dans d'autres mondes. Les piliers de roc avaient été disposés selon un plan précis, comme dans le but de concentrer les énergies cosmiques.

Les colonnes avaient succombé au poids des ans, érodées par les rayons cosmiques et la chaleur accablante, battues pendant des millénaires par un vent qui, sur ce monde de couleurs inattendues, était aussi léger que le souffle d'un bébé. Grâce à ses pouvoirs psioniques, Xerana pouvait sentir leur présence en ce lieu, tout autour d'elle. Elle percevait les murmures qui s'adressaient à elle, qui la guidaient.

Instinctivement, elle donna un coup de pied dans un amas de décombres branlants et, sous les rochers, aperçut une pierre incurvée plus claire, retournée contre la terre blême.

Ah…

Xerana remit la pierre dans le bon sens et découvrit un petit fragment d'obélisque. Quelques pictogrammes étaient encore à peine perceptibles sur ce morceau de pierre érodé et brûlé. C'était pour cela qu'elle était venue. Elle le sentait.

Avant l'aube, heureuse de sa trouvaille, Xerana rejoignit son vaisseau et, reprenant son voyage solitaire à travers les ténèbres, elle se mit à étudier son trésor.

Seule, car elle n'avait pas de compagnons, Xerana s'assit parmi les objets qu'elle avait recueillis. Au cours de ses voyages d'étoile en étoile, en quête d'une réponse aux questions qu'elle se posait, elle avait réuni toute une collection d'objets Xel'Naga. Elle ne mettait pas ces trésors en réserve et ne les considérait pas comme sa possession personnelle. Ils étaient destinés à la soutenir dans ses recherches. Le plus menu objet recelait une partie de la clef qui lui permettrait de comprendre le mystère que les Dark Templar désiraient si ardemment.

Xerana demeura des heures à méditer, s'efforçant de réunir tout ce qu'elle savait sur l'ancienne race disparue pour en tirer de nouvelles conclusions. Elle avait déjà passé près d'un siècle à chercher des réponses dans le Vide glacé et dans les gènes vibrants de sa race. Dans une chambre séparée où elle aimait se retirer chaque fois qu'elle s'autorisait un moment de solitude, Xerana conservait également de nombreux souvenirs de sa planète bien-aimée, Aiur, qu'elle ne reverrait probablement jamais.

Tandis que son vaisseau poursuivait sa route, Xerana observa le petit morceau usé d'obélisque. Après l'avoir étudié presque au point d'entrer en transe, elle lui découvrit finalement un point commun avec un autre de ses petits spécimens et fut en mesure de déchiffrer une série de runes. Elle traduisit un fragment, peut-être quelques vers poétiques ou une légende que les ancêtres Xel'Naga se racontaient au crépuscule.

Cette nouvelle donnée allait peut-être lui permettre d'ajouter des éléments à l'histoire que les Dark Templar connaissaient déjà. Xerana pourrait éventuellement la mettre en corrélation avec d'autres objets qui jusqu'à présent semblaient disparates.

Tout excitée et fière, elle songea qu'il lui restait cependant encore beaucoup de secrets à découvrir. Tandis que son vaisseau poursuivait sa route, continuant sa recherche, Xerana eut le sentiment qu'elle touchait au but, que les réponses à ses questions les plus fondamentales étaient si proches qu'elle aurait presque pu les toucher.

5

Sous les ordres du général Edmund Duke, les vaisseaux de guerre de l'Escadron Alpha étaient toujours prêts au combat. En fait, les troupes n'attendaient que ça.

Le premier conflit dévastateur contre les Zerg et les Protoss s'était soldé par l'élimination des lointaines colonies de Mar Sara et Chau Sara, par la destruction de Tarsonis, le monde du gouvernement de la Confédération, et par l'anéantissement de la planète natale des Protoss, Aiur.

Duke haïssait les extra-terrestres – tous les extra-terrestres. Il se réveillait parfois en sursaut, la nuit, dans la cabine de son vaisseau amiral, en essayant d'étrangler les draps trempés de sueur de sa couchette.

Au cours des événements de la dernière guerre, le charismatique rebelle Arcturus Mengsk, chef des violents Fils de Korhal, avait pris les commandes de ce qui avait été la Confédération Terrane et s'était couronné empereur. Duke ne trouvait cet homme ni particulièrement honorable, ni digne de confiance, ni même talentueux. Mengsk était un politicien, après tout.

Nouveau gouvernement, même armée. Le général Duke ne faisait que son boulot.

Comme il voulait conserver sa position de chef, Duke n'avait aucun scrupule à obéir aux instructions de l'Empereur Arcturus Mengsk. Le général savait qui lui donnait ses ordres.

Beaucoup de vaisseaux, parmi lesquels son vaisseau amiral, le *Norad II*, avaient été endommagés pendant le conflit. Mais le nouvel Empereur Mengsk avait depuis dépensé beaucoup d'argent pour renflouer l'armée. Les vaisseaux abîmés de l'Escadron Alpha avaient été remis à neuf et, une fois leurs armes rechargées, réexpédiés dans l'espace.

Son armée était formée de Cuirassés, de Wraiths, de Science Vessels et de Dropships, une flotte complète parée pour affronter les dangers de la galaxie. Les maudits Protoss et Zerg rôdaient toujours quelque part.

L'Escadron Alpha était parti de Korhal, la planète où l'empereur avait fondé sa nouvelle capitale. De nombreuses années plus tôt, Khoral avait été saccagée par la vengeance de la Confédération, mais Arcturus Mengsk avait ri le dernier… et le général Duke était toujours le commandant de l'armée. Rien d'autre ne comptait pour lui.

Depuis des mois, les vaisseaux de l'Escadron Alpha étaient en mission d'observation. Simple routine : identifier les mondes potentiellement colonisables, rétablir le contact avec d'autres mondes tombés dans l'oubli. Duke n'aurait pu imaginer une mission plus ennuyeuse – pour un brillant stratège comme lui, et pour ses loyaux soldats.

Mais la situation politique du nouvel Empire Terran était encore instable et Mengsk avait choisi ses propres hommes pour former la Garde Impériale qui surveillait son palais. Le général Duke n'avait probablement pas encore convaincu l'empereur de sa loyauté, et celui-ci l'avait donc envoyé le plus loin possible avec son

Escadron Alpha, là où ils ne pourraient pas causer d'ennuis.

De toute façon, Duke préférait éviter les manigances politiques, et si ces deux espèces malveillantes voulaient revenir se frotter à lui, il se ferait un plaisir de les recevoir. Maudits extra-terrestres ! En tous les cas, le général comptait bien découvrir des informations supplémentaires et d'autres bastions des Zerg maléfiques ou des traîtres Protoss – peu importait laquelle des deux espèces – dans les régions inconnues qu'il parcourait plutôt que dans les secteurs civilisés.

Après avoir passé tellement de temps à patrouiller, le général Duke avait évalué les ressources de sa flotte, observé ses capacités militaires et ordonné que l'Escadron Alpha fasse halte près du prochain champ d'astéroïdes riches en Vespene. Il avait l'intention de remplir à ras bord les réservoirs des vaisseaux, avec plus de fuel que l'empereur n'avait autorisé. Maintenant, il se tenait sur son vaisseau amiral, le *Norad II* – reconstruit, entièrement réparé et rebaptisé *Norad III* – un cuirassé armé de toute la puissance dont pouvait rêver le général Duke.

Prêt à partir.

Il aurait voulu avoir quelque chose à *combattre*, plutôt que de poursuivre cette continuelle... mission d'études sociales. L'Empereur Mengsk voulait-il vraiment connaître le statut de tous les mondes colonisés ? Le nouveau monarque de l'Empire Terran avait certainement des choses plus importantes en tête.

Duke jeta un regard par les hublots de son vaisseau amiral et observa l'activité autour de lui dans l'espace. Tous ses soldats travaillaient efficacement – non pas pour essayer d'impressionner leur chef, mais parce qu'ils étaient réellement de qualité *exceptionnelle*. Il s'était chargé en personne de les former.

Sur une ceinture d'astéroïdes riches en Vespene, de minces volutes de gaz argenté s'échappaient dans la faible gravité pour aller s'évanouir dans l'espace, donnant aux rochers flottants l'apparence de comètes éteintes. Des Véhicules Spatiaux de Construction mobiles repéraient les geysers les plus productifs et utilisaient le matériau des astéroïdes pour improviser des raffineries qui captaient et distillaient le gaz sous forme utilisable. Ces VSCs bourdonnaient alentour comme des abeilles dans un champ de fleurs, récoltant le gaz et retournant vers la flotte avec des barils de carburant.

Les vaisseaux de Duke seraient bientôt fin prêts pour n'importe quelle manœuvre... et ils n'avaient toujours rien à faire !

Le remplissage des réservoirs, exécuté selon les procédés standard, ne prit pas plus longtemps que nécessaire. Mais Duke continuait à marcher de long en large sur le pont, observant les écrans de contrôle, aboyant des ordres à ses officiers, cherchant désespérément comment ses vaisseaux pourraient se rendre utiles. Des éclaireurs en combinaisons renforcées recueillaient sur les astéroïdes des minerais précieux afin de porter les ressources des vaisseaux d'Escadron Alpha à leur maximum.

Pendant une pause, son bras droit et officier d'armes, le lieutenant Scott, jugea bon de prendre la parole :

— Général, puis-je vous poser une question ? Ai-je la permission de parler librement ?

Grand, séduisant et plein de franchise, Scott était respecté par tous les autres Marines.

— J'espère bien que tous mes officiers ont un cerveau, lieutenant. Sinon, je me contenterais de commander un équipage de robots.

Duke s'ennuyait trop pour ne pas donner sa permission au jeune homme, mais, en temps normal, pareille audace lui aurait valu une réprimande.

— Je suppose que vous avez un plan, mon général ? demanda le lieutenant Scott. Qu'attendons-nous pour repartir ?

— J'ai toujours un plan, grogna Duke.

— Quelle sorte de plan, mon général ? Allons-nous riposter contre l'Empire hors-la-loi et renverser l'Empereur Mengsk ? Allons-nous aider la Confédération Terrane renversée à établir un gouvernement en exil ?

— Assez, lieutenant ! dit le général Duke en haussant le ton. Si l'empereur entendait de tels propos, vous seriez convaincu de trahison.

— Mais, mon général, ce sont des *rebelles*.

Scott avait l'air perplexe.

— Des fils de Korhal. Ils étaient nos ennemis.

Duke frappa du poing sur la console de commande du *Norad III*.

— Ils forment *actuellement* le gouvernement officiel de tous les Terrans. Voudriez-vous que je devienne moi-même un rebelle, uniquement pour me venger d'un autre groupe de rebelles ? Puis-je vous rappeler que notre devoir est d'obéir aux ordres de notre commandant en chef. Depuis la destruction de Tarsonis, maintenant que nous avons fini par repousser les Zerg, notre chef politique est officiellement l'Empereur Mengsk. Vous feriez bien de ne pas l'oublier, mon gars.

Le lieutenant Scott comprit qu'il valait mieux se passer de tout autre commentaire.

Duke baissa la voix, conscient que ses Marines étaient tous impatients de s'attaquer aux vils extra-terrestres.

— Nous sommes engagés dans un combat pour la race humaine, lieutenant. Ne perdons pas le sens des priorités.

Les autres officiers sur le pont, dont la plupart pensaient vraisemblablement comme le lieutenant Scott, prirent la réprimande à cœur et trouvèrent immédiatement des tâches urgentes pour s'occuper.

Le général se rassit sur son siège de commandant et observa les dernières opérations fastidieuses qui se déroulaient sur la ceinture d'astéroïdes. Un chef militaire doit toujours rester concentré sur son objectif. Il ne négligeait pas de prêter attention aux détails les plus insignifiants. L'issue bonne ou mauvaise d'un conflit pouvait être causée par un détail infime que quelqu'un n'avait pas jugé bon de prendre en compte.

L'Escadron Alpha s'était toujours enorgueilli d'être la première unité militaire au combat ou en mission. Mais, pour le moment, il n'y avait nulle part où aller. Lorsque les opérations de stockage de minerai et de Vespene furent complétées sur les astéroïdes, les vaisseaux reprirent leur lent voyage à travers l'espace, et le général Duke savait que rien d'excitant n'allait se présenter.

Il se retira dans ses quartiers après avoir laissé à un lieutenant Scott tout surpris la direction de la flotte. Ne trouvant aucun intérêt tactique à leur mission actuelle, Duke décida de consacrer du temps à aiguiser ses talents.

Il passa les trois journées suivantes devant les écrans de ses ordinateurs personnels, se livrant à des jeux de tactique guerrière particulièrement excitants. Il joua scénario sur scénario et réussit chaque fois à battre l'ordinateur.

Cependant, il commençait à se lasser que rien ne se passe. Après tout, il était un homme d'action.

6

Octavia et Lars se tenaient au pied de la pente abrupte le long de laquelle de grands rochers et des cascades de terre étaient tombés en avalanche pour exposer l'objet extra-terrestre.

Comme Octavia s'adossait à la moissonneuse, un peu de terre brunâtre tomba de la carrosserie du gigantesque tracteur. Passant une main dans ses boucles brunes, elle observa de loin la construction palpitante qui ne présageait rien de bon. Mais Lars s'élança, comme d'habitude incapable de maîtriser sa curiosité.

Son frère voulait toujours être le premier, courir le plus vite, construire la plus haute cabane ou parvenir au sommet de la colline avant Octavia et leurs quelques jeunes amis colons. S'aidant des pieds et des mains, il escalada les pans abrupts et acérés des rochers que la tempête et le séisme de la nuit précédente avaient fait s'ébouler.

Elle le suivit, rapidement essoufflée dans l'air où flottait une odeur acide. La terre fraîchement retournée avait une couleur étrange, comme si elle avait été abîmée depuis bien longtemps. Les colons savaient par expérience que seules de rares céréales pouvaient survivre sur le sol de Bekhar Ro. Octavia connaissait cette odeur, bien sûr, et ne la remarquait plus guère que lorsqu'une pluie violente s'était abattue. Dans des livres-films, elle avait vu des mondes agricoles luxuriants, des champs verdoyants couverts de lourds épis, sans savoir s'il fallait croire à de telles fantaisies.

Maintenant, elle grimpait derrière son frère, sans se soucier de la terre qui tachait ses mains et ses vêtements. La saleté faisait partie de leur dur quotidien de fermiers.

— Hé, viens un peu voir ça ! cria Lars, et en quelques minutes, elle eut rejoint les parois lisses et incurvées de l'étrange structure.

Toute la partie de la montagne qui avait été creusée par le tremblement de terre était hérissée de cristaux de neige géants, des aiguilles de matériau transparent, chacune plus longue qu'un bras, desquelles émanait une étrange énergie. Octavia posa une main sur la surface lisse et la trouva douloureusement froide, mais pas glacée. Une sensation étrange, comme une décharge électrique, passa par la peau de sa paume jusqu'au bout de ses doigts, comme si une sorte d'énergie enregistrait et analysait sa structure cellulaire.

— Ces trucs-là ont *vraiment* l'air intéressants, dit Lars, une lueur émerveillée dans ses yeux noisette.

— A quoi penses-tu qu'ils pourront nous servir ? Je parie qu'on pourrait en rapporter un plein chargement sur la moissonneuse.

— Et pour quoi faire ? Des colliers géants pour les fermières à la retraite ? demanda Octavia en retirant sa main de la formation cristalline – ses doigts continuaient à picoter.

Lars sourit, sûr de lui.

— Je ne sais pas de quelles fermières tu veux parler, mais je crois bien que Cyn McCarthy en voudrait un.

Octavia arqua les sourcils. Ainsi, son frère avait

remarqué que la jolie jeune veuve n'était pas indifférente à son charme. Octavia était loin de vouloir le décourager. En fin de compte, il n'était peut-être pas aussi bête qu'elle avait cru !

— Très bien, Lars, j'admets que les cristaux *peuvent* être utiles. Mais avant de tirer des plans sur la comète, soyons pratiques – rien que pour quelques minutes, d'accord ? Je propose d'inspecter les alentours. Et prends garde de ne toucher à rien avant que nous ayons compris quoi que ce soit.

Lars lui sourit et reprit l'escalade vers la structure labyrinthique et luisante.

— Le meilleur moyen pour en savoir plus, c'est de regarder un peu partout. Séparons-nous, nous pourrons couvrir plus de terrain.

— Se séparer n'est jamais une bonne idée, dit Octavia tout en sachant que son enthousiaste de frère ignorerait l'avertissement.

— Sois prudente, je serai prudent, dit-il, et nous serons de retour à temps pour réparer les sismographes avant midi.

Octavia serra les lèvres et ne prit pas la peine de le contredire. Elle ne se souciait pas le moins du monde des sismographes.

Autour d'eux, les belles formations cristallines pointaient dans toutes les directions, selon des angles étranges, comme les piquants d'un lézard-oursin en colère. Lars s'approcha directement de la façade étrange de la chose, fasciné par les mystères qui l'attiraient.

Octavia progressait plus lentement, s'arrêtant pour observer les cristaux, cherchant à comprendre comment ils poussaient, d'où ils venaient. On aurait dit qu'ils avaient été plantés autour de la chose enterrée comme… des indicateurs ? des défenses ? une sorte de message ?

Soufflant et suant, mais sans perdre son sourire exubérant, Lars rejoignit les étranges volutes qui formaient les parois et les ouvertures de la chose géante. La matière était d'un vert opalescent, éclairée de l'intérieur, comme une sorte de vase bioluminescente durcie. Il fit un pas en arrière pour mesurer du regard l'énorme structure. A en juger par ses yeux qui bougeaient rapidement et ses sourcils froncés, Octavia se rendit compte que son frère n'essayait pas de comprendre l'objet, mais cherchait simplement le meilleur moyen de pénétrer à l'intérieur.

Lars toucha la matière exposée. Toute la terre et la poussière en avaient été balayées, comme si la chose dégageait une sorte d'électricité statique qui repoussait toute souillure. Il frotta la paroi avec ses phalanges et observa sa main.

— Ça picote un peu. Je ne peux pas dire si la matière est du plastique ou du verre, ou une sorte de substance organique. Intéressant.

— Tu as promis d'être prudent, dit-elle. Et j'ai un mauvais pressentiment.

Il lui lança un regard étonné.

— Tu as toujours de mauvais pressentiments, Octavia.

Son frère pouvait bien se moquer de ses soucis, il n'avait jamais été aussi sensible qu'elle. Octavia avait souvent la faculté de prévoir les événements, de sentir à l'avance quand il valait mieux éviter une situation. Elle ne disposait d'aucune preuve tangible, bien sûr, mais elle avait confiance en la justesse de ses prémonitions.

— Et est-ce que je me trompe souvent, Lars ?

Il ne répondit pas.

Elle s'accroupit près d'un des plus gros cristaux et le toucha une nouvelle fois, faisant glisser sa main sur la surface. L'étrange courant froid d'énergie passa en elle et tenta de lui communiquer quelque chose qu'elle ne pouvait comprendre. Tout autour de la structure,

Octavia sentait sommeiller une présence, quelque chose d'indescriptible, enseveli et non encore réveillé.

Un frisson d'énergie inexplicable toucha son cerveau, mais elle ignorait comment poursuivre ce sentiment, comment l'explorer. C'était une sensation étrange, pénétrante, mais une chose était sûre : ce qui produisait ce sentiment ne comprenait pas qui elle était, ne reconnaissait pas son humanité.

Octavia déglutit avec difficulté, la gorge sèche, et retira sa main du puissant cristal. La connection avec son cerveau faiblit sans s'éteindre totalement.

Lars poursuivait joyeusement ses explorations, fourrant la tête jusque dans les plus petites ouvertures. Finalement, il pénétra dans un large orifice circulaire qui menait à l'intérieur de la structure.

Octavia marchait lentement. Elle parvint au sommet et regarda l'ouverture sombre et fraîche dans laquelle son frère avait disparu. De l'intérieur parvenaient des odeurs singulières, riches comme un humus, quelque chose de vivant et de grésillant. La puissance contenue dans l'objet l'intimidait, mais elle ne sentait pas une présence particulièrement agressive ou menaçante. Seulement... différente de tout ce qu'elle avait pu rencontrer jusqu'à présent.

La voix de Lars lui parvint de l'intérieur, résonnant en écho mais assourdie par les solides parois de la structure.

— Octavia, viens par ici ! Tu n'en croiras pas tes yeux !

Elle fit un pas en avant, scrutant les ombres. Elle entendit des pas et Lars apparut devant elle. Ses yeux brillaient.

— Ces couloirs sont remplis de cristaux et d'autres objets étranges, de vrais trésors ! On pourrait utiliser une pioche ou un cutter laser pour les détacher des parois.

— Mais tu ne sais même pas ce que c'est, Lars, dit-elle.

— Je suis sûr qu'ils nous rapporteront beaucoup si nous les vendons.

Au lieu de pénétrer dans la chose, Octavia posa ses mains sales sur ses hanches.

— Et à qui veux-tu les vendre, Lars ? Contre quoi ? Du grain ? du matériel ? Comme si qui que ce soit à Free Haven avait du matériel de rechange ! Et notre colonie n'a pas fait de commerce avec l'extérieur depuis notre naissance !

Toujours souriant, Lars baissa la voix comme s'il craignait qu'on ne surprenne ses paroles.

— Cela va beaucoup plus loin que le simple commerce de Bekhar Ro, Octavia. Dès que nous rentrerons à la maison, nous devons contacter le gouvernement Terran. Nous serons riches ! Imagine combien nous toucherons si nous vendons tout ça. Tu dois toi-même reconnaître que c'est intéressant – la trouvaille d'une vie. Notre colonie pourra acheter un équipement flambant neuf, de nouveaux stocks de graines, peut-être même de nouveaux ouvriers pour relancer notre population. Nous avons perdu tant de familles ces dernières années.

Octavia sentit son cœur se serrer en repensant à leurs parents morts et à tous les spécialistes et les braves gens qui avaient succombé à l'épidémie de spores, aux catastrophes naturelles ou aux autres tragédies qui accablaient Bekhar Ro depuis la formation de la colonie. Gagnée par l'optimisme de son frère, elle imagina toutes les merveilles qu'il décrivait et réalisa que, pour une fois, ses ambitions étaient peut-être justifiées.

Puis elle émit un son dubitatif. Même en admettant

que cette chose soit vraiment remarquable, qu'elle réponde à tous les critères envisagés par Lars, la colonie n'avait plus de contact avec la Confédération Terrane depuis trente-cinq ans. Les colons étaient venus ici pour échapper aux gouvernements Terrans, pour vivre seuls et en parfaite indépendance. Leurs parents et leurs grands-parents détestaient qu'on se mêle de leurs affaires, et bien peu de colons voudraient attirer l'attention sur eux.

— Je ne pense pas que les autres seront d'accord, et certainement pas le maire Nik, dit-elle. Je ne suis pas convaincue que même une chose de cette importance vaille la peine de courir le risque que la Confédération nous retombe sur le dos. Tu as entendu les histoires que racontait grand-père. Cela pourrait avoir une mauvaise influence sur notre façon de vivre.

Lars la regarda, stupéfait.

— Notre *façon de vivre* ? Pourrait-elle être pire ? Pèse toi-même le pour et le contre, et tu seras vite convaincue.

Il se retourna et entra de nouveau dans les corridors lumineux.

Octavia le suivit, sentant toujours l'opprimante présence mentale autour d'elle, de plus en plus forte. Lars marchait vite, s'arrêtait ici et là pour tâter les murs, pour écouter l'écho, cherchant à découvrir des différences.

Des striures colorées couraient sur les parois comme des veines de minerai… ou peut-être comme les vaisseaux sanguins d'une créature extra-terrestre. Il renifla, puis observa soigneusement la paroi. Il essaya de l'égratigner du bout des ongles, en vain. Secouant la tête, il reprit son chemin.

Lars avait toujours rêvé d'être chercheur d'or, archéologue ou explorateur, ici, sur cette planète pratiquement vierge. Mais personne sur Bekhar Ro n'avait la possibilité d'être autre chose qu'un simple fermier travaillant toute la journée pour maintenir la colonie en fonctionnement. Octavia n'eut pas le cœur de gâcher la joie de son frère. Il avait attendu toute sa vie une chance comme celle-là.

Soudain, Octavia sentit qu'elle ne voulait pas s'aventurer plus loin dans les chambres de la chose, comme si l'air s'épaississait autour d'elle. L'étrange énergie psychique formait un mur et la repoussait lentement.

Lars ne semblait rien remarquer. Il se tourna pour examiner une arche qui s'ouvrait dans le tunnel sur la gauche, et vit un ensemble d'objets semblables à des ruches, faits de matière lisse et translucide. On aurait dit de gros joyaux à facettes surgis des parois.

— Viens !

Debout dans l'ouverture en arche du tunnel latéral, Lars tendit une main vers le groupe d'objets. A peine avait-il saisi l'une des formations brillamment colorées que toute la lumière et l'atmosphère de la chose se modifièrent légèrement. Comme s'il avait déclenché quelque chose.

Sa main demeura sur le nodule, son visage se crispa et, un instant plus tard, il resta pétrifié. Octavia perçut une décharge d'énergie qui le traversait. Tous les cristaux qui sortaient des parois, ainsi que ceux qui se trouvaient à l'extérieur de la chose, se mirent à briller plus intensément, comme si on les avait allumés.

— Lars ! cria-t-elle.

Mais il ne pouvait ni bouger ni émettre un son.

Des rayons grésillants jaillirent comme des éclairs et relièrent les cristaux pour former un réseau semblable à une toile d'araignée. La lumière étincelante ricochait le long des couloirs, aveuglant Octavia. Elle voulut bouger, mais tout allait trop vite.

Lars se tenait dans l'ouverture en arche, comme un

insecte piégé sur une lamelle de microscope, et les rayons brillants jaillis des cristaux fondaient sur lui comme des projecteurs, le passant au scanner, pénétrant son corps. En un éclair, sa peau vira au blanc. Ses os et ses muscles s'éclairèrent de l'intérieur, comme s'il était devenu une substance lumineuse et que chacune de ses cellules s'était convertie en énergie pure.

Alors, les parois prirent le même éclat blanc aveuglant, comme si elles absorbaient jusqu'au dernier atome de Lars. Puis les éclairs s'arrêtèrent d'un seul coup. Toutes les lumières pâlirent pour replonger dans la pénombre mystérieuse du début.

Et Lars avait disparu. Il n'en restait pas même une ombre.

A l'extérieur de la chose, deux grands cristaux volèrent en éclats, projetant dans les corridors des étincelles qui allumèrent d'autres cristaux par une réaction en chaîne, comme si Lars avait été quelque chose d'immangeable, une substance que la chose ne pouvait digérer.

De la fumée envahit les couloirs. Le vacarme assourdissant se tut, ne laissant que l'écho à peine perceptible d'un cri. Octavia n'aurait pu dire si c'était le dernier son proféré par son frère ou si elle avait elle-même crié sans s'en rendre compte.

Après un silence d'une fraction de seconde, les parois se remirent à briller et les grands cristaux à scintiller. Des éclairs craquèrent. Lars avait réveillé quelque chose de dangereux et Octavia se demanda si sa mort n'allait pas causer leur destruction à tous.

Elle se retourna et détala dans le couloir lisse en direction de la sortie. Vers la lumière du jour. Elle courait le plus vite possible, les yeux dilatés par la terreur, le cerveau comme anesthésié. Trop de choses se produisaient en même temps. Elle aurait voulu rebrousser chemin, chercher son frère, voir s'il restait quelque chose de son corps.

Mais l'instinct de conservation était le plus fort. Elle savait que la chose n'en avait pas encore fini.

Elle bondit hors de la chose et dévala la pente encombrée d'éboulis, sautant de rocher en rocher, gardant l'équilibre tant bien que mal en s'aidant des mains et en se servant de ses bras comme d'un balancier.

Le flanc de la colline vibrait de plus en plus fort. Tous les grands cristaux, qui semblaient si beaux quelques instants auparavant, ressemblaient désormais à des armes prêtes à tirer, des réservoirs d'énergie qui puisaient dans leur structure atomique pour lancer la foudre.

Sans s'en rendre compte, plus vite qu'elle n'aurait imaginé pouvoir courir, Octavia se retrouva auprès de la moissonneuse, appuyée contre les chenilles incrustées de boue. Derrière elle, sur la pente raide, les hauts cristaux s'enflammaient. Des rayons étincelants les connectaient, semblables aux fils d'une toile d'araignée bleue, associant leur puissance pour tisser un nœud d'énergie jusqu'à ce que tous les fils convergent.

Finalement, un signal fait de son et de lumière – une sorte de transmission géante – se dressa comme une épée vers le ciel et partit loin dans l'espace. Ce n'était pas du tout dirigé vers Octavia, mais vers quelque chose de lointain. Vers quelque chose qui n'était pas humain.

L'onde de choc projeta Octavia sur le sol. Elle pouvait à peine supporter le bruit assourdissant du signal qui déchirait l'air.

Hors d'haleine, frénétique, elle grimpa sur les chenilles de la moissonneuse. Sa tête battait et ses oreilles sifflaient lorsqu'elle ouvrit la portière de la cabine blindée. Elle se jeta à l'intérieur, claqua la portière et s'effondra sur le siège. Elle n'entendait pratiquement plus rien.

Pendant un instant, elle se sentit en sécurité, mais pas suffisamment. Avec des gestes aveugles, elle démarra le moteur de l'énorme véhicule, le fit pivoter sur ses chenilles et fila à vitesse maximale sur le sol jonché de débris, projetant des éclats de rocher et des mottes de terre autour d'elle tandis qu'elle traversait la vallée. Elle devait rentrer à Free Haven.

Octavia ne parvenait pas à penser, elle ne pouvait encore réaliser ce qui était arrivé à son frère, ce qu'elle avait vu de ses propres yeux. Mais elle savait qu'il fallait prévenir les autres colons.

7

Dans les profondeurs de l'espace, environné des plus puissants navires de guerre de l'armée expéditionnaire Protoss, l'Exécuteur Koronis cherchait refuge dans la solitude de ses quartiers personnels à bord du porte-avions amiral *Qel'Ha*. Là, il contemplait sa mission, sa destinée, et le destin de sa race.

Par l'intermédiaire de ses appendices nerveux, il sentait tous les loyaux Protoss qui servaient à bord des vaisseaux de son armée : les industriels, les scientifiques, et les ouvriers de la classe Khalai ; les Zélotes férocement dévoués et d'autres soldats dans la classe déterminée des guerriers, appelée Templar. Il ressentait même la sévère caste politico-religieuse des Judicateurs, qui supervisait la progression de cette mission et restait concentrée sur le Khala.

Mais tandis qu'il tentait de trouver la sérénité dans la contemplation, Koronis sentait aussi la profonde misère et le sentiment d'échec de tout son équipage. Les épaules de l'Exécuteur ployèrent, faisant s'affaisser les rembourrages raides et pointus de son uniforme. La patrie des Protoss, Aiur, avait été presque détruite par une attaque dévastatrice des Zerg, mais les forces expéditionnaires de Koronis étaient loin de la scène du carnage, loin de leurs familles et de leurs foyers. Ils n'avaient pas pu les aider. Ils avaient échoué. Et la race Protoss tout entière avait frôlé l'extinction.

C'était un fardeau lourd à porter.

Assis dans son fauteuil de méditation lisse et incurvé, Koronis tenait dans ses mains squameuses un petit fragment de cristal, ancien mais encore brillant. Le marchand de pierres précieuses lui avait dit que le prophète Khas avait utilisé ce cristal pour découvrir la Voie du Khala télépathique. Le Khala avait finalement unifié les Protoss en réunissant leurs capacités mentales et mis ainsi fin à l'Eternité de Conflit qui avait déchiré leur civilisation pendant si longtemps.

Koronis ignorait si le mythe entourant les origines de ce cristal Khaydarin était authentique ou simplement une histoire inventée par le commerçant pour tirer un meilleur prix de sa marchandise, mais cette idée le réconfortait. Il fixa le cristal en concentrant son énergie mentale. Ses yeux dorés insondables brûlaient comme de petits soleils, plongeant dans les profondeurs de la structure cristalline, loin, jusqu'aux confins de l'univers. Son visage gris était ridé par la concentration, ses sourcils froncés, ses épaules ornementées se voûtaient. Son menton sans bouche demeurait ferme.

Des dizaines d'années plus tôt, le Conclave Protoss avait envoyé Koronis et ses forces expéditionnaires pour une longue mission dans une région très lointaine au-delà des frontières du Secteur Koprulu. Les Protoss pouvant vivre très longtemps, les décennies et même les siècles ne comptaient pas pour eux, et Koronis était fier d'avoir été choisi. Avant le départ, il avait été nommé Exécuteur, un grade très élevé que très peu avaient l'honneur de porter, car sa mission était d'une extrême importance.

Avec son équipe, il devait rechercher le moindre signe de la présence des hérétiques Dark Templar qui avaient refusé de se joindre au Khala et vivaient séparés de la présence mentale unifiée des Protoss. Les Judicateurs du Conclave ne pouvaient tolérer pareil affront. Ils avaient donné l'ordre de ramener les Dark Templar sous le joug de la société Protoss ou de les détruire. Pour Koronis, les Dark Templar ne représentaient pas une grande menace et il aurait préféré laisser ces exilés en paix. Malheureusement, ce genre de décisions ne dépendait pas de lui, mais des politiciens fanatiques du Conclave.

Koronis était beaucoup plus intéressé par la seconde partie de sa mission : rechercher toute trace de l'ancienne race des géniteurs, les Xel'Naga, qui avaient créé les Protoss comme leurs enfants spéciaux, leurs Premiers Nés.

Des découvertes récentes prouvaient que les Xel'Naga avaient aussi créé les hostiles Zerg, peut-être dans l'espoir que les Zerg supplanteraient les Premiers Nés. L'Exécuteur Koronis ne savait que penser de cette information, mais cela aurait pu expliquer l'échec continuel et la déception de son peuple.

Pendant sa méditation, le cristal Khaydarin se mit à briller avec une chaude vibration. Tout d'abord, Koronis puisa de la force dans ce phénomène, mais bientôt la puissance de l'objet de cristal multiplia sa capacité à ressentir l'angoisse et le désespoir qui rongeait son équipage.

Il ferma ses yeux brillants et retira son esprit du cristal Khaydarin. Jusqu'à présent, après avoir passé des dizaines d'années à fouiller l'espace, le *Qel'Ha* n'avait encore trouvé aucune trace des Xel'Naga. Ni des Dark Templar.

Ses forces expéditionnaires étaient une armée puissante qui aurait pu jouer un rôle décisif dans la défense d'Aiur contre les Zerg ; au lieu de ça, ils avaient perdu des années aux confins de l'espace inhabité et Koronis n'avait rien à rapporter. De sa main à trois doigts, il caressa la longue écharpe colorée qui indiquait son rang et sa fonction, fier symbole qui lui semblait aujourd'hui dépourvu de sens.

La porte blindée de ses appartements glissa vers le haut et l'imposante silhouette du Judicateur Amdor apparut dans le couloir, ses yeux rouge orangé lançant des éclairs. Il était drapé dans une robe pourpre qui flottait autour de lui comme si elle reflétait ses humeurs et ses énergies mentales. Des épaulettes ornées de joyaux et un couvre-chef en écailles de métal donnaient à Amdor un air menaçant et impressionnant. C'était fait exprès.

En tant que puissant représentant politique du Conclave, le Judicateur Amdor ne ressentait pas le besoin de se montrer courtois envers Koronis. Il y aurait sans doute eu des frictions entre les deux hommes si le commandant s'était permis de répondre, mais il était loyal envers sa race et sa mission, et il préférait ne pas relever les critiques que le sévère Judicateur lui faisait de temps en temps. Amdor semblait penser que l'expédition était un échec et que c'était la faute de l'Exécuteur.

Comme ils n'avaient pas de bouches pour former des mots, pas de lèvres pour articuler, les Protoss communiquaient entre eux par brefs échanges télépathiques. Le Judicateur concentra sa conversation de telle sorte qu'elle ne soit pas surprise par des oreilles indiscrètes. Mais certaines réparties mentales étaient parfois si aiguës qu'elles causaient un peu de douleur à Koronis. Il n'en montra rien, cependant, et se tourna simplement pour écouter ce que le Judicateur avait à lui dire.

— Cette disgrâce a trop duré, Exécuteur. Nos forces

expéditionnaires doivent rentrer à Aiur. Nous arriverons trop tard pour participer à la grande bataille contre les Zerg, mais nous pouvons aider à reconstruire. Ordonnez que le *Qel'Ha* vire de bord et nous rentrons à la maison. Nous devons sauver ce qu'il est encore possible de sauver.

L'Overmind Zerg avait été éliminé et Aiur était sauvée, mais au prix de beaucoup de terres dévastées. Tassadar, le traître, avait combiné les pouvoirs du Khala et des secrets tirés du Vide. Pour le Judicateur Amdor, les actes de Tassadar étaient une hérésie méprisable inspirée par les Dark Templar, mais Koronis ne pouvait reprocher ses résultats au héros.

Il aurait voulu être là-bas pour voir la fin. Cela aurait été un merveilleux spectacle…

Sans se presser, l'Exécuteur reposa le fragment de cristal et quitta son fauteuil de méditation. Il lissa son écharpe et ajusta ses épaulettes pointées de manière extravagante.

Le contrôle mental de Koronis n'était pas aussi précis que celui du Judicateur, et Amdor surprit l'écho de ses méditations.

— Tassadar n'était pas un héros ! Il a sacrifié la fidélité au Khala pour sa gloire personnelle et un profit éphémère, dit-il en donnant à ses mots-pensées un ton tranchant.

Surpris, l'Exécuteur fit face à Amdor dans le couloir du vaisseau devant ses appartements.

— Mais il a sauvé les Protoss et il s'est lui-même sacrifié. J'ai peine à croire que vous attribuiez des motifs égoïstes à ce qu'a réussi Tassadar.

— Sa plus grande réussite, rétorqua Amdor, c'est qu'en supprimant les Zerg et en dévastant Aiur, il a nettoyé la race Protoss ! A la suite de ce désastre, nous avons désormais l'opportunité de reconstruire, et de brûler les hérétiques cancéreux qui ont corrompu notre fidélité au Khala. J'ai hâte de rentrer pour aider le Conclave à assurer que nous ne glissions pas sur cette pente néfaste.

Ne voyant pas l'intérêt d'une dispute, Koronis acquiesça. Lui aussi voulait rentrer chez lui, et il n'avait pas besoin des remarques d'Amdor.

— Ma vie est au service du Khala.

Lorsqu'ils parvinrent sur le pont, l'Exécuteur s'installa sur le siège de commande en forme d'œuf du *Qel'Ha*. Le Judicateur Amdor se tenait à côté de lui tel un parent maussade, comme s'il n'était pas sûr que le commandant allait faire ce qu'il avait promis.

Par l'amplificateur psychique, Koronis envoya un message à tous les cerveaux Protoss de son armée :

— Nous rentrons au pays. Beaucoup de travail nous attend pour aider nos familles, nos villes et notre monde. Puisque nous n'étions pas là lorsque Aiur en avait le plus besoin, nous devons être prêts à donner notre vie et notre esprit pour aider maintenant... pour racheter le fait que nous n'étions pas là.

Par le lien mental de ses appendices nerveux, Koronis sentit une vague de soulagement et d'enthousiasme parcourir son équipage. Les moteurs du porte-avions et des vaisseaux environnants augmentèrent leur puissance. Les navigateurs calculèrent un chemin qui les ramènerait droit au cœur de l'espace Protoss.

Mais au moment où ils allaient partir, les circuits de communication psychique – un vaste réseau de transmetteurs incorporé à la carrosserie des vaisseaux – reçurent un puissant message. Un signal lointain, extra-terrestre.

Les notes étranges résonnaient dans l'esprit de Koronis, dans les vaisseaux, dans tout l'équipage. C'était comme un cri, un appel, un message indéchiffrable.

Le signal lancinant continuait à égratigner les nerfs

de l'Exécuteur, envoûtant mais, en un sens, familier. Le Judicateur Amdor se tenait raide, tout d'abord confus, puis stupéfait.

Lorsque l'appel lointain s'interrompit enfin, tous les Protoss restèrent sous le choc. L'Exécuteur adressa son discours-pensée à Amdor, mais ceux qui se trouvaient à proximité purent capter certaines de ses pensées surexcitées.

— Il y a quelque chose des Xel'Naga dans ce signal ! Je reconnais les symboles et les sons. Vous n'entendez pas ? Le message est... urgent.

— Et très puissant, dit Amdor.

— Mais quel appareil Xel'Naga pourrait transmettre un signal aussi fort et clair à cette distance ?

Le Judicateur tourna son regard aigu vers les techniciens Khalai qui travaillaient à l'équipement de communication sur le pont du *Qel'Ha*.

L'un des officiers envoya une rapide réponse mentale :

— Nous avons remonté la trace du signal jusqu'à une petite planète. Inhabitée, pour autant que nous sachions.

Koronis étudia les coordonnées, calcula rapidement combien de temps il faudrait pour y emmener les forces expéditionnaires. Il communiqua cette pensée à Amdor :

— Judicateur, ce signal nous offre la chance de rentrer à Aiur couverts d'honneur – notre mission ne sera pas un échec complet. Si nous parvenons à trouver un objet Xel'Naga vraiment important, nous aurons accompli notre mission de découverte et rentrerons à Aiur en héros. Nous pouvons rendre l'espoir à notre peuple.

Le Judicateur hocha la tête.

— Si le signal provient des Voyageurs du Lointain, c'est peut-être un signal d'alarme. Nous sommes les Premiers Nés, et notre destin est de ressusciter la gloire perdue de notre race. Trouver ce qui a envoyé ce signal serait un progrès immense en direction de ce but.

En taro Adun, dit Koronis, utilisant le salut d'honneur qui signifiait « en l'honneur d'Adun », un grand héros Protoss.

En taro Adun, répondit courtoisement le Judicateur, comme s'il était distrait et faisait déjà des plans.

Pour la première fois depuis qu'il avait reçu la terrible nouvelle d'Aiur, l'Exécuteur Koronis reprenait confiance. Il ordonna qu'un Observateur robotisé soit aussitôt envoyé à la source du mystérieux message Xel'Naga.

8

Disparu. Lars avait disparu.

Cette pensée martelait le cerveau d'Octavia au rythme des chenilles trépidantes de la moissonneuse qui volait en direction de Free Haven. Ses pieds et ses mains manœuvraient le lourd engin sans l'aide de son esprit conscient, car elle n'avait de place que pour une seule pensée : *Lars est mort !* Elle n'arrivait pas à le croire.

La moissonneuse faisait des embardées entre les mottes de terre et les piles de débris rocheux. Chaque cahot tordait le cou et les épaules d'Octavia, mais elle serrait les dents.

Au-dessus d'elle, le même faucon planait toujours sur les plus hautes brises, épiant le sol en quête de nourriture…

Le lourd véhicule escaladait à grand-peine la pente raide, faisant voler des éboulis et de la terre friable sous ses chenilles. Devant les yeux d'Octavia, le morne paysage commença à se brouiller comme si une brume envahissait la large vallée. Elle voulut nettoyer le pare-brise mais réalisa bientôt que le problème était en fait dans ses yeux.

En règle générale, Octavia ne pleurait pas, et aujourd'hui, elle n'en avait tout simplement pas le temps. Il lui fallait rentrer à Free Haven pour sonner l'alarme. Apprendre aux autres colons l'existence de la chose meurtrière que la tempête avait déterrée. Octavia avait toujours eu trop de sens pratique pour perdre son temps en d'inutiles témoignages d'émotion. La mort d'un membre de la famille ou d'un ami ne la laissait bien sûr pas indifférente, mais c'était un mécanisme de survie : les colons qui se laissaient déprimer par les cruelles vicissitudes de la vie sur la planète devenaient rapidement inutiles, inattentifs. Et, sur Bekhar Ro, l'inattention était généralement synonyme de mort.

Autant qu'elle se souvenait, Octavia n'avait que rarement pleuré jusqu'alors : une fois à la mort de ses grands-parents ; une autre fois, une semaine après que l'épidémie de spores eut emporté ses parents, quand l'orage lui avait enfin fait réaliser avec la force d'une gifle que son père ne serait plus jamais là pour la réconforter. Les larmes étaient une sensation si inhabituelle qu'elle les reconnut à peine. *Lars a disparu !*

Mais alors, en même temps que des gouttes salées coulaient sur ses joues, sa colère éclata aussi. Quel gâchis ridicule ! Cela n'avait ni queue ni tête. Et qu'est-ce que c'était que cette chose sur la montagne ? Ce n'était manifestement pas d'origine Terrane.

Pourquoi avait-elle laissé Lars la convaincre d'aller là-haut ? Qu'est-ce qu'ils espéraient en tirer ? Mais Lars, avec son insatiable curiosité, n'avait pu s'en empêcher. Il ne voulait qu'explorer.

Et la chose avait tué son frère. *Assassiné*. Volé Lars pour toujours – et pour quoi ? Qui pouvait le dire ?

Elle savait une chose, cependant. Elle devait prévenir les autres colons avant que la chose ne mette d'autres vies en danger.

La salle de réunion du village était pleine à craquer ; près de deux mille colons attendaient en murmurant. Octavia saisit des bribes de conversations autour d'elle dans la salle.

— Quel genre d'urgence ? La tempête n'était-elle déjà pas assez urgente ?

— J'ai du grain à replanter. Est-ce que ça ne peut pas attendre ?

— J'ai entendu dire que Lars Bren avait découvert quelque chose.

— Et moi, j'ai entendu dire qu'il avait disparu !

— ... dépêchez-vous, sinon je pars.

Enfin, le maire Nik Nikolai prit place sur l'estrade basse installée à un bout de la salle et ouvrit la séance. Il était plutôt du genre distrait, en règle générale peu charismatique. Malgré tout, à l'âge de vingt-huit ans, il était déjà considéré comme un administrateur établi et plus ou moins respecté. Il tapa du pied sur l'estrade pour faire taire l'assemblée.

— Excusez-moi ! S'il vous plaît ? Octavia Bren a des nouvelles importantes pour nous.

Il s'arrêta un moment, regardant autour de lui.

— Tellement importantes que j'ai pensé qu'un vote général serait nécessaire pour décider ce qu'il faut faire, quand vous aurez entendu ce qu'elle a à nous dire.

— Pouvez-vous nous faire un simple résumé pour qu'on puisse voter et rentrer chez nous ? cria Shayna Bradshaw du fond de la salle.

— Mon système d'irrigation est de nouveau embourbé, et...

Le maire secoua la tête.

— Je pense que le mieux est de laisser Octavia vous dire tout elle-même.

Octavia serra les dents en entendant le brouhaha dans la salle et monta sur l'estrade. Elle choisit d'écouter sa colère plutôt que son chagrin. Comme ils étaient devenus insensibles à toute nouvelle de tragédie ou de catastrophe ! D'une manière ou d'une autre, elle devait leur faire comprendre l'importance de l'événement. Elle s'éclaircit la gorge et parla aussi fort que possible, avec toute l'autorité de ses dix-sept ans.

— Je sais que la plupart d'entre vous pensent que rien ne peut être assez important, assez *urgent*, pour justifier de vous convoquer ici aujourd'hui. Les mauvaises nouvelles, les espoirs déçus, même la mort, sont devenus notre quotidien.

— Va droit au but ! cria le vieux Rastin du centre de la pièce.

— Où est ton frère ? demanda Cyn McCarthy avec un sourire optimiste.

Octavia respira profondément pour concentrer ses forces et reprit la parole.

— Lars est mort.

Elle leva une main pour interrompre les murmures de sympathie qui jaillirent spontanément de la foule assemblée.

— Il a été tué par quelque chose sur la crête montagneuse à une douzaine de kilomètres d'ici. Un objet extra-terrestre qui était enterré dans la montagne. Quelque chose d'énorme.

— Un objet extra-terrestre, dis-tu ? demanda le maire Nikolai, surpris.

— Oui, *extra-terrestre* ! Nous ne sommes pas seuls sur Bekhar Ro !

Octavia décrivit ce qui s'était passé. Hésitante, elle raconta comment ils avaient décidé d'explorer la chose, mais lorsqu'elle parvint au moment où les rayons de lumière avaient traversé et désintégré le corps de son frère, sa gorge se serra et elle ne put continuer. Elle sentit une main sur son bras, se retourna et vit que Cyn

McCarthy se tenait à côté d'elle, une expression de chagrin sur son visage taché de rousseur.

— Il me semble que la réponse est simple, dit le vieux Rastin. Que personne n'approche de cette chose. Laissez-la où elle est. Si nous voulons élargir notre territoire, nous irons tout simplement de l'autre côté.

Octavia sentit que la colère lui rendait sa voix. Si elle ne parvenait pas à convaincre les colons que cette affaire était sérieuse, ils risquaient de tous mourir.

— Ignorer le danger ne suffira pas. Il s'est passé quelque chose d'autre là-haut. Au moment où je sortais de la chose, elle a envoyé un signal dans l'espace. Une sorte de transmission, ou une alarme, ou un appel. La lumière était si éclatante qu'elle m'a presque aveuglée, et la puissance de l'onde sonore a ébranlé le sol et m'a jetée à terre.

— Hé, est-ce que c'était juste avant midi, environ deux minutes avant ? demanda Kiernan Warner qui était assis au premier rang. Je crois que je l'ai entendu ! Si c'était à douze kilomètres, ça devait être vraiment puissant.

— Penses-tu que la chose essayait de communiquer avec nous ? demanda Wes, le jeune frère de Lyn, d'une voix inquiète.

Octavia secoua la tête.

— L'appel est parti directement dans l'espace, comme si quelqu'un là-haut attendait le signal. Peut-être que la chose essayait de communiquer avec quelqu'un, mais certainement pas avec nous.

La salle résonna d'un chœur d'exclamations, de questions et de suggestions. Octavia comprit qu'elle avait enfin capté leur attention.

Le maire Nikolai remonta sur l'estrade et leva les mains pour obtenir le silence. Lorsque la salle se fut calmée un peu, il prit la parole :

— Octavia pense que nous devrions entrer en contact avec la Confédération Terrane pour leur dire ce que nous avons trouvé ici.

Quelques colons émirent des objections, mais ils furent vite réduits au silence par leurs voisins.

— Nous ignorons si ce signal était oui ou non une manœuvre de communication, mais si d'autres choses semblables apparaissent sur Bekhar Ro, nous ne serons peut-être pas en mesure de maîtriser la situation seuls, dit le maire Nikolai.

— C'est notre planète ! s'exclama Jon, le cousin de Wes.

— Même si cette chose est la seule de son espèce, intervint Octavia, nous ne savons pas ce dont elle est capable. Maintenant qu'elle est à l'air libre, elle peut devenir agressive et s'attaquer à notre colonie. Elle peut même causer des tremblements de terre qui nous supprimeraient tous.

— Votons ! cria Jon.

— Ouais, on en a assez entendu, ajouta Kiernan.

— Mon système d'irrigation attend toujours d'être réparé, grommela Shayna Bradshaw.

Au grand soulagement d'Octavia, le vote fut pratiquement unanime. A l'exception de trois colons, tous les autres étaient d'accord pour envoyer un message au gouvernement Terran. La Confédération avait peut-être déjà fait des expériences similaires.

Octavia allait et venait impatiemment devant la tourelle de communication qui se trouvait près d'un croisement, de l'autre côté de la place principale du village. Comme pour l'ancienne tourelle à missiles située au centre de la place, personne ne savait si le système de communication était encore en fonctionnement. Il y avait des dizaines d'années que cette tourelle n'avait pas été utilisée pour des communications à longue distance. On s'en servait seulement pour contacter les fermes environnantes en cas d'urgence.

Le maire avait insisté pour qu'on le laisse seul à l'intérieur de la tourelle pendant qu'il faisait les tentatives de transmission. Il était enfermé dans la tour depuis plus de trois quarts d'heure et Octavia espérait que c'était un bon signe. Ou peut-être ne trouvait-il pas comment faire opérer le transmetteur ?

Finalement, Nikolai émergea avec une expression ahurie sur le visage. Il passa une main dans ses cheveux blonds en épis, l'air très content de lui.

— Ça a marché ? demanda Octavia. Avez-vous pu parler avec la Confédération Terrane ?

— Eh bien, pas exactement. La Confédération semble avoir été dissoute, le nouveau gouvernement s'appelle maintenant l'Empire Terran. Le type à qui j'ai parlé se donne lui-même le titre d'empereur – plutôt impressionnant, je suppose. Son vrai nom est Arcturus Mengsk. Il a paru très intéressé par ce que nous avons trouvé, il a posé beaucoup de questions. Il m'a dit qu'ils enverraient probablement des forces militaires pour enquêter immédiatement.

Octavia poussa un gros soupir de soulagement.

— Bien. Alors, les secours sont en chemin.

Leurs ennuis étaient terminés.

9

Vautré sur le trône qu'on venait d'installer dans la capitale restaurée de Korhal, l'Empereur Arcturus Mengsk se sentit vengé pour toutes les années qu'il avait passées à diriger les activités de la guérilla, à comploter contre le pouvoir répressif de la Confédération Terrane.

Il se trouvait parfaitement à l'aise sur le trône, comme s'il l'avait toujours mérité. Et il se sentait puissant.

En toile de fond, une holo-projection montrait inlassablement le discours magnifique qu'il avait tenu devant tous les êtres humains le jour de son couronnement. Mengsk ne se lassait pas d'entendre ses propres paroles.

« Camarades Terrans, je m'adresse à vous, à la suite des récents événements, pour lancer un appel à la raison. Aucun humain ne doit ignorer les périls de notre époque. Pendant que nous nous entretuons, divisés par des querelles pusillanimes, la marée d'un conflit plus vaste se lève contre nous et menace de détruire tout ce que nous avons accompli. »

Très dramatique. Très convaincant. Mengsk avait répété le discours plusieurs fois devant de nombreux conseillers.

Il y avait des mois que la Confédération Terrane avait

été renversée. Mengsk en personne s'était arrangé pour attirer les terribles minions Zerg vers la planète-capitale de Tarsonis. Là, les voraces extra-terrestres avaient accompli le travail destructeur de Mengsk pour lui. Mieux encore : il avait réussi à se faire passer pour le sauveur de tous les humains, un chevalier en armure de lumière.

Son image continuait à parler.

« Il est temps pour nous d'oublier nos vieilles querelles féodales pour nous unir en tant que nations et en tant qu'individus. Les vagues d'une guerre ingagnable menacent de s'abattre sur nous, et nous devons chercher refuge à un niveau plus élevé si nous ne voulons pas être emportés dans l'abîme.

» Nos ennemis n'étant pas surveillés, à qui vous adresserez-vous pour obtenir protection ? »

Bons mots, pensa-t-il, *un bon slogan. Il faudra le répéter.*

Il restait cependant beaucoup de choses à faire. L'Empereur Mengsk avait des mondes à soumettre, des gouvernements à rétablir, des personnages importants à mettre en place.

Et voilà qu'il venait de recevoir ce curieux message de la colonie oubliée de Bekhar Ro.

Mengsk se tortilla sur son trône et commença la lecture de la transcription du communiqué. Il voulait passer en revue chaque mot de la conversation qu'il avait eue avec le maire de la colonie, Jacob Nikolai. *Jamais entendu parler de lui.*

Glissant ses doigts bien manucurés dans ses favoris broussailleux, Mengsk fronça les sourcils. Il ne savait pas ce qu'il devait faire. Instinctivement, sa première réaction avait été d'ignorer cette demande de secours. Bekhar Ro ne figurait pas au nombre des mondes importants sur lesquels le nouvel empereur avait besoin d'assurer son emprise. La Confédération elle-même ne s'était jamais occupée de cette planète. Pourquoi devrait-il se soucier d'une poignée de fermiers perdus sur une planète paumée dont personne n'avait jamais entendu parler ?

Il fut distrait par le bruit venant des chambres qui entouraient la salle du trône : le rythme puissant des marteaux, le ronflement des ciseaux à diamant, le grésillement des soudures au laser. Dès qu'il avait pris les commandes du gouvernement Terran, Mengsk avait ordonné la réalisation de vastes travaux de reconstruction dans les mondes dévastés, entre autres la restauration de Korhal, qui portait encore les cicatrices des précédentes atrocités confédérées.

Par-dessus le vacarme, son discours continuait. « Les dégâts causés par les envahisseurs extra-terrestres ne sont que trop évidents. Nous avons vu nos maisons et nos villes détruites par les attaques calculées des Protoss, nos amis et nos proches décimés par les Zerg cauchemardesques. Aussi incroyables que puissent paraître ces atrocités sans précédent, elles sont les signes de notre temps. »

Il fallait bien sûr reconstruire les infrastructures endommagées par l'invasion Zerg et les attaques Protoss sur Mar Sara et Chau Sara, mais ces broutilles pouvaient attendre. En premier lieu, il fallait trouver un moyen pour tirer plus d'impôts de la population afin de renflouer le trésor impérial. Et toute planète qui ne saluait pas l'avènement de Mengsk avec assez d'enthousiasme aurait bien du mal à obtenir des fonds et des ingénieurs civils pour ses travaux de construction.

« Le temps est venu, camarades Terrans, de se rallier sous une nouvelle bannière. L'union fait la force. Déjà, de nombreuses factions dissidentes nous ont rejoints. Ensemble, nous forgerons un tout indivisible, sous l'autorité d'un seul trône. Et du haut de ce trône, je veillerai sur vous. »

Il décida que ce discours du couronnement devait figurer au programme de tous les jeunes étudiants du nouvel Empire. Réviser l'histoire pourrait bien devenir un job à plein temps…

Mengsk se versa un verre de vin riche et pourpre de klavva, le vida d'un trait, puis en remplit un second qu'il pourrait déguster. Cette histoire de mystérieux objet extra-terrestre sur Bekhar Ro le tracassait. Il ne pouvait s'en décharger sur personne – c'était l'inconvénient d'être empereur. Mais Arcturus Mengsk avait conquis cette position, et il était prêt à faire face aux mineures obligations d'un grand souverain.

Qu'est-ce que ces minables colons avaient trouvé exactement ? Mengsk avait accepté d'envoyer des secours, mais est-ce qu'une enquête était vraiment nécessaire ?

L'un de ses aides en uniforme entra d'un pas pressé dans l'opulente salle du trône et leva fièrement le poing pour faire à l'empereur le salut des Fils de Korhal. Si l'Empereur Mengsk restait sur le trône, ce salut serait bientôt accepté dans tout l'Empire Terran.

L'aide lui remit un document en rouleau que Mengsk ouvrit aussitôt. Ah, la liste des exécutions prévues pour la journée ! L'empereur fit courir son doigt le long des noms alignés l'un en dessous de l'autre. Il en reconnut certains, mais sans se souvenir des crimes qu'ils avaient commis. Et sur l'heure il n'avait guère le temps de vérifier cas par cas. Trop de détails ennuyeux. Sans doute pour la plupart des prisonniers politiques, ou des mutins qui refusaient de lâcher les vieilles rênes de la Confédération Terrane.

Il commença à vérifier les cas l'un après l'autre, mais décida bientôt qu'il y avait des choses plus importantes à faire. Il se contenta donc de tamponner la mention « approuvé » et remit le document à l'aide en uniforme. Celui-ci leva le poing pour saluer à la mode de l'Empire et se dépêcha d'aller remettre le document dûment signé à la guilde des exécuteurs.

Un autre travail de réglé pour la journée.

Le discours du couronnement touchait à sa fin.

« A partir d'aujourd'hui, que plus aucun être humain ne fasse la guerre à un autre être humain. Qu'aucune force secrète Terrane ne conspire contre ce Nouveau Début. Qu'aucun homme ne s'allie aux puissances extra-terrestres. Et je m'adresse maintenant à tous les ennemis de l'humanité : n'essayez pas de nous barrer le chemin. Car nous vaincrons coûte que coûte ! »

Mengsk relut le résumé de la conversation qu'il avait eue avec le maire Nikolai. *Que faire ?* songea-t-il. Il était peu probable que ces colons lui mentent ou exagèrent l'importance de leur découverte, puisqu'ils étaient totalement ignorants des événements politiques de la galaxie et n'avaient même jamais entendu parler de l'Empereur Mengsk et de l'Empire Terran.

Mais tout de même, pourquoi se soucier de ces bouseux qui avaient déterré un gros rocher brillant et ne savaient pas quoi en faire ?

A moins que la chose n'ait de la valeur. L'Empereur Mengsk ne réagissait jamais trop spontanément. Et si cette chose extra-terrestre était vraiment importante, si c'était quelque chose qu'il ne devait pas ignorer ? Cela pouvait éventuellement signaler une nouvelle menace, un sinistre souvenir laissé par les Zerg ou les Protoss, ces races étranges qu'il avait utilisées à ses propres fins pour écraser ses anciens rivaux, mais qu'il craignait encore au fond de son cœur.

Oserait-il négliger cette découverte sans se renseigner au préalable ? Et si jamais l'objet palpitant était une

mine de savoir ? S'il contenait des matières précieuses…
ou même une arme ? Les objets extra-terrestres étaient
excessivement rares, et l'Empereur Arcturus Mengsk
savait qu'il lui faudrait toute l'aide possible pour cimenter sa prise de pouvoir.

Il rejoignit la salle de guerre et afficha la carte du ciel
lumineuse en trois dimensions qui montrait le Secteur
Koprulu. Il contempla tout d'abord les étoiles et les systèmes planétaires qui lui étaient familiers. Puis, d'après
les coordonnées fournies par le signal de communication, il ajouta par ordinateur un petit point indiquant la
colonie de Bekhar Ro. Les colons se tenaient tranquilles
depuis si longtemps qu'ils ne figuraient même plus dans
les dossiers réguliers de la Confédération Terrane.
Mengsk maudit l'incompétence de ses prédécesseurs.

Il étudia les environs de la planète Bekhar Ro, puis
afficha un dispositif qui montrait où étaient stationnés
tous ses vaisseaux dans le secteur. Un sourire illumina
sa face barbue et il décida d'envoyer le général Edmund
Duke et son Escadron Alpha sur les lieux. De toute
façon, il fallait leur donner quelque chose à faire.

Le général bourru et ses Marines se trouvaient déjà
dans le voisinage. La mission les occuperaient et les
colons ne se plaindraient pas trop de cet officier implacable. En outre, l'empereur ne voyait pas d'inconvénient à confier une mission plus intéressante au général
Duke – tant qu'il restait loin de Korhal.

Duke avait prêté serment au nouvel Empire, mais il
avait également combattu pendant d'innombrables
années dans les rangs de la Confédération. Mengsk était
mal à l'aise à l'idée de laisser un chef militaire aussi
puissant assis à ne rien faire, d'autant plus que Duke
avait une énorme force de frappe à sa disposition.

Le général était un chef militaire endurci, il avait juré
de défendre son nouveau gouvernement – et de pareils

hommes ne prêtaient pas serment à la légère. L'empereur ne se méfiait pas totalement du commandant militaire. Il décida de donner à Duke et à son Escadron Alpha une chance de faire leurs preuves.

Le holo-projecteur se remit automatiquement en marche et le discours du couronnement reprit au début. « Camarades Terrans, je m'adresse à vous, à la suite des récents événements, pour lancer un appel à la raison... »

Mengsk songea à l'éteindre, puis décida d'écouter encore une fois.

Il rédigea et transmit au service des communications l'ordre d'expédier l'Escadron Alpha le plus vite possible sur Bekhar Ro.

10

A l'aube, dans le ciel gris et graisseux de Bekhar Ro, de fins nuages ondulaient comme une tache d'huile irisée à la surface d'une eau stagnante. Les environs ravagés étaient silencieux… trop silencieux.

Soudain, un coup de tonnerre résonna dans l'air sec et le tissu de l'espace se fissura. Un faucon qui planait vira de cap, interrompu dans sa chasse incessante de nourriture.

Alors que les échos du tonnerre se répercutaient dans la vallée, apeurant les petits rongeurs qui vivaient tant bien que mal parmi les maigres broussailles, un Observateur Protoss envoyé par le *Qel'Ha* apparut dans le ciel. Les Observateurs étaient des vaisseaux de reconnaissance chargés de recueillir des informations, mais ils ne participaient pas aux vraies batailles.

Obéissant à sa programmation automatique, l'Observateur enclencha un dispositif de micro-camouflage et disparut de la vue. L'engin vrombissant descendit, activant un tableau de bord complexe qui consommait l'essentiel de son énergie et ne laissait rien aux défenses de système. Ses ailes-boucliers tripartites se déplièrent, guidant un œil unique, cyclopéen.

Et il se mit à chercher.

L'Observateur progressait au-dessus des zones inhabitées de Bekhar Ro, sans être vu. Pendant qu'il traversait à toute allure l'immensité de l'espace, il n'avait pas été en mesure de localiser les coordonnées avec précision. Mais maintenant, parvenu sur le lieu du signal transmis par la chose, il planta des repères de navigation pour aider le *Qel'Ha* et le reste des forces expéditionnaires Protoss à venir droit sur la cible.

L'Observateur passa des heures à tourner dans le ciel, se rapprochant peu à peu du flanc éventré de la montagne où la chose organique était exposée à la lumière du matin. Tout en envoyant régulièrement des rapports en temps réel à l'Exécuteur Koronis, l'engin de reconnaissance photographia et analysa l'objet qui émergeait de la montagne. Depuis sa transmission initiale, la chose demeurait silencieuse. En attente.

Après avoir inspecté la situation sous tous les angles et s'être approché autant que sa programmation le permettait sans risquer de déranger la chose qui avait envoyé le signal, le petit engin poursuivit son travail de reconnaissance. Il prit des images de la chaîne de montagnes et détecta – sans que son esprit de robot en soit surpris – des champs cultivés et des groupes de bâtiments en préfabriqué.

Evaluant la situation, l'Observateur se rapprocha et, toujours camouflé, il vint planer au-dessus de la ville centrale de la colonie. Il commença à recueillir des données sur les colons humains, sur la population résidente et leurs défenses...

C'était un matin comme un autre, mais Octavia Bren devait affronter cette journée sans son frère.

Les autres colons la laissaient seule, même le maire Nikolai, qui était plus doué pour parler que pour agir.

Assise sur la place de la ville octogonale, elle se rappelait Lars et les heures passées ensemble, les fréquentes discussions au sujet des colons célibataires qu'ils pourraient éventuellement épouser, leurs journées de dur labeur, leurs rêves d'avenir, leurs chamailleries d'enfants…

Il y avait assez longtemps que la blessure infligée par la mort de ses parents s'était cicatrisée. Les autres colons avaient l'habitude des coups du sort et ils compatissaient avec Octavia sans se laisser paralyser par la douleur. Free Haven avait déjà tant souffert, ils continueraient à endurer le malheur. C'était leur vie. Les grands-parents d'Octavia avaient cru que cela valait mieux que de vivre sous le joug de la Confédération Terrane. Ici, ils étaient libres – même si, actuellement, Octavia n'était plus vraiment sûre de préférer l'incertitude perpétuelle et la fragilité de l'existence sur Bekhar Ro.

Octavia aurait voulu que Lars et elle ne soient jamais allés inspecter les sismographes et les stations minières automatisées, mais il était si excité par la découverte. Si seulement il avait été comme les autres colons, moins curieux, se contentant de survivre !

Mais alors il n'aurait pas été Lars.

Comme le matin s'éclaircissait, Octavia se trouvait toujours près de la vieille tourelle à missiles décorative qu'on avait édifiée ici sur un bunker abandonné par les premiers colons. Conçue comme un poste sentinelle, elle était munie d'un système de défense automatique pour surveiller le ciel et protéger Bekhar Ro – mais les protéger de quoi ? Octavia ne savait pas. La tourelle à missiles se taisait depuis plus de quarante ans. Personne ne savait même si elle fonctionnait encore.

Aujourd'hui, la tourelle était moins considérée comme une arme de défense que comme un monument commémorant ce que les colons avaient laissé derrière eux dans la Confédération. Quelqu'un proposait parfois de la démanteler pour récupérer des pièces, des blocs d'alimentation électrique ou d'autres éléments, mais le maire n'avait jamais eu assez d'ambition pour réunir une équipe.

Octavia était assise, seule, et pensait à son frère en contemplant le ciel informe, désagréable, lorsque la tourelle à missiles se mit soudain à cliqueter, à ronfler et à s'animer. Les voyants du système s'allumèrent en clignotant.

Octavia bondit sur ses pieds et se mit à courir en poussant des cris. Quelques colons, attirés par ses appels, sortirent de leurs logis et virent que la tourelle s'était allumée et commençait à se mouvoir.

Les mécanismes hydrauliques ronflaient pendant que des éléments s'ouvraient en cliquetant et se mettaient en place. Une brillante lumière rayonna au sommet de la tourelle au moment où son scanner d'observation pivotait. Les viseurs automatiques se centrèrent et fixèrent un point invisible dans le ciel. Les tourelles à missiles étaient conçues pour viser automatiquement et faire feu sur les forces aériennes ennemies, mais elles servaient aussi de stations sentinelles ; leurs détecteurs étaient même assez puissants pour localiser des vaisseaux camouflés.

Cette tourelle n'avait pas bougé d'un millimètre depuis des dizaines d'années, mais voilà qu'elle s'allumait pour choisir un missile et le charger dans la rampe de lancement. Ses systèmes de détection clignotaient sans réussir à fonctionner proprement. Mais elle avait repéré quelque chose.

En un dernier sursaut d'énergie, la tourelle lança son missile dans le ciel. Un peu de fumée sortit d'une écoutille d'accès alors que le système longtemps endormi commençait déjà à faiblir.

D'autres colons sortirent précipitamment de chez eux, alarmés par le bruit étrange, et s'étonnèrent de voir que ce vieux matériel militaire fonctionnait encore partiellement.

— C'est peut-être un coup pour rien, dit le maire. Nous aurions dû la désactiver depuis longtemps.

Le projectile était parti à travers le ciel comme un javelot explosant. Il traça un arc lisse, parfait, avant de frapper quelque chose qui ressemblait à un halo ondulant dans l'air.

— Non ! Regardez, il a touché quelque chose, cria Octavia en pointant le doigt en direction du ciel.

En un éclair, le dispositif de camouflage de l'Observateur se rompit et l'engin endommagé plana dans le ciel, la carrosserie éventrée, l'une de ses trois ailes-boucliers arrachée. Perdant de l'altitude, il tournoya encore un moment avant de s'écraser comme une balle perdue dans un champ en dehors de la ville.

Sans même se retourner pour voir si les autres colons la suivaient, Octavia courut vers l'endroit où l'engin venait de s'écraser. La carcasse noircie était entrée dans le sol en y creusant un cratère. On ne trouvait presque plus rien de l'Observateur à examiner.

Etudiant ce qu'il restait de l'objet pendant que les autres colons se précipitaient vers elle, Octavia remarqua d'étranges inscriptions extra-terrestres sur l'enveloppe de l'engin, les panneaux brisés au-dessus des détecteurs, le gros œil central.

— Soit la Confédération a totalement changé son design, soit cet appareil n'a pas été construit par un Terran, dit le maire Nikolai, exprimant à haute voix ce que chacun avait déjà réalisé.

Octavia se sentit soudain glacée. D'abord la tempête ; puis le tremblement de terre qui avait déterré l'énorme chose dans la montagne ; maintenant, un objet volant extra-terrestre invisible avait été abattu – sans qu'elle puisse comprendre quelle était son intention.

Les colons commençaient à murmurer, mal à l'aise, les yeux fixés sur la carcasse à moitié ensevelie. Octavia se détourna de l'engin extra-terrestre et se mordit la lèvre supérieure. Qu'est-ce que tout cela signifiait ? Et qu'allait-il se passer ensuite ?

11

Lorsque le signal insistant émis par la chose lointaine parvint aux essaims Zerg sur Char, il provoqua une onde de choc qui se répercuta comme une avalanche mentale dans la Reine de Pique. Assise dans la ruche grandissante, Sarah Kerrigan sentit que la transmission palpitante lui martelait les tempes comme un hurlement électromagnétique. Cet appel retentissant était plus ou moins en harmonie avec certaines résonances nouvelles dans sa tête, avec le signal de réception génétique incorporé aux Zerg dès la fondation de leur ADN initial.

Le signal lancinant eut aussi pour effet que la coquille organique de la ruche se mit à scintiller, comme si elle s'éveillait aussi à cet appel longtemps oublié. La matière exosquelettique dont étaient constituées les parois de la ruche commença à résonner en réponse.

Autour d'elle, les minions Zerg s'agitaient frénétiquement comme si le signal réveillait en eux un souvenir instinctif. Les monstrueuses Hydralisks relevèrent la tête en sifflant. Elles fendirent l'air de leurs griffes et hérissèrent leurs piquants pointus, prêtes à lancer une pluie de dards mortels sur la moindre créature qui leur semblerait hostile.

Les Zerglings, semblables à des chiens, étaient comme fous. Ils couraient dans tous les sens, attaquant les Bourdons, mettant les larves en pièces. Le signal extraterrestre battait dans la tête de Sarah Kerrigan, mais elle serra les dents et imposa le calme à son esprit. Réunissant tous ses pouvoirs psy, elle parvint à se maîtriser et tenta de contrôler les instincts de ses Zerglings. Il fallait les empêcher de tuer d'autres membres de sa ruche.

Au cours de sa vie précédente, elle avait suivi l'entraînement du programme Ghost de la Confédération. Les Terrans lui avaient administré à grosse dose des traitements névralgiques pour canaliser ses pouvoirs psy latents. Ils lui avaient implanté chirurgicalement une Sourdine Psychique, pour la contrôler, pour en faire un bon agent d'espionnage. Sarah Kerrigan avait été contrainte de tuer d'innombrables ennemis. Elle avait appris à considérer la vie comme une commodité éphémère.

Pour Sarah Kerrigan, cet entraînement avait eu du bon. Mais les humains qu'elle servait l'avaient trahie, abandonnée sur le champ de bataille infesté de Zerg de Tarsonis. De femme, elle était alors devenue la Reine de Pique, et l'avenir des Zerg reposait désormais entre ses mains.

Si elle parvenait à les contrôler.

Le signal continuait inlassablement. Dans les régions externes de la Ruche en expansion, elle pouvait entendre les mugissements vibrants d'une Ultralisk qui grondait de confusion et de peur. Elle apaisa le monstre aussi gros qu'un mammouth, puis s'approcha d'autres minions qui causaient trop de destructions. D'une main de fer, elle imposa sa discipline à toute la ruche.

Finalement, le signal-cri lancinant se tut. Un silence anxieux s'abattit comme une avalanche sur la Ruche. Sarah Kerrigan respira profondément, laissa son système biologique se calmer et sentit que la Ruche revenait à un état normal, quoique encore agité. Alors elle se mit à réfléchir.

Le chant de sirène transmis à travers l'espace parlait à quelque souvenir inconscient, instinctif, que les Xel'Naga avaient implanté en eux. Au fond de son propre corps muté, la Reine de Pique savait que l'origine de ce signal était incroyablement ancienne, qu'il avait été conçu par la même race qui avait créé les Protoss et les Zerg.

Même si la majeure partie de son cerveau était occupée à surveiller la race impatiente des Zerg – des billions et des billions de créatures –, Sarah Kerrigan consacra une partie de ses pensées à réfléchir sur ce qu'elle venait de vivre. Elle savait que les Zerg devaient enquêter – et *posséder* ce qui avait envoyé ce puissant signal.

Prenant finalement une décision, Kerrigan convoqua tous les éléments de la meilleure nouvelle couvée qu'elle avait assemblée après la destruction de l'Overmind. Elle avait une mission pour Kukulkan Brood, nommé d'après le puissant dieu maya du serpent à plumes dans les anciennes légendes Terranes. Ce nom lui paraissait approprié parce qu'il faisait peur. Kukulkan Brood était l'un des essaims les plus agressifs de la race éparpillée des Zerg. Elle pouvait se fier à Kukulkan Brood.

Lorsque Kukulkan Brood fut réuni, avec tous ses Overlords, ses Mutalisks, ses Hydralisks, ses Zerglings, ses Ultralisks, ses Reines et ses Bourdons – tout ce qui était nécessaire pour constituer une force d'assaut impressionnante –, Kerrigan leur ordonna de quitter les ruines fumantes de Char pour voler à travers l'espace comme des insectes meurtriers.

Leur mission, rendue parfaitement claire même pour les cerveaux obtus des divers minions Zerg, était de trouver la chose qui avait émis le signal – et de s'en emparer à tout prix.

12

La salle de réunion de Free Haven était à nouveau bondée de colons maussades, mais cette fois, ils n'avaient besoin de personne pour leur dire que les choses étaient en train de changer sur Bekhar Ro. Des choses qui pouvaient influer sur leur existence. Des choses qu'ils ne pouvaient pas contrôler.

Et cette fois, à l'exception de quelques marmots encore trop jeunes pour comprendre ce qui se passait, tous les colons étaient venus, même les familles qui vivaient dans les fermes les plus éloignées.

Octavia était assise au premier rang près de l'estrade. Plusieurs jeunes colons, dont Jon, Gregor, Wes, Kiernan et Kirsten Warner, avaient voulu s'asseoir à côté d'elle en témoignage de solidarité. A sa droite se trouvait Cyn McCarthy. Les cheveux cuivrés de la jeune femme pendaient sur son triste visage comme si elle ne les avait pas lavés depuis plusieurs jours. Mais surtout, ses yeux bleu sombre n'exprimaient plus leur optimisme habituel, et c'était ce qui effrayait le plus Octavia.

Elle sentait que le pire était encore à venir. Les colons de Bekhar Ro allaient avoir besoin de toute leur volonté et leur détermination pour surmonter la crise. Lorsque le maire Nikolaï bondit sur l'estrade, Octavia fut surprise de la vitesse à laquelle le silence se fit dans la salle.

— Eh bien, nous sommes des gens solides, nous en avons déjà vu de toutes les couleurs, commença-t-il. Depuis longtemps, nous sommes fiers d'être pratiquement inébranlables. Malgré les catastrophes naturelles, les perturbations tectoniques, les épidémies, les morts subites, nous poursuivons notre existence. Seulement, au cours des derniers jours, nous avons été témoins de phénomènes qui dépassent totalement notre entendement. Depuis tant d'années sur Bekhar Ro, nous n'avons encore jamais dû affronter des extra-terrestres hostiles. En d'autres mots, nous devons nous préparer à vivre des choses inattendues.

Le prospecteur Rastin se leva.

— C'est absurde de dire ça, vous ne trouvez pas, maire Nik ? Comment nous préparer si nous ne savons pas à quoi nous préparer ?

Shayna Bradshaw prit la parole.

— Vous dites que nous devons nous défendre, mais nous n'avons pas d'armes décentes. Nous sommes des colons – nous n'avons que du matériel pour travailler aux champs, et parfois un fusil pour tirer du gibier.

Elle fit un signe de tête éloquent.

— Pour ce que cette planète a comme gibier à offrir !

La colère s'empara d'Octavia.

— D'abord, un gros objet désintègre mon frère et envoie un appel dans l'espace. Puis notre tourelle à missiles se réveille et descend un engin extra-terrestre volant. C'était peut-être un messager ou un espion. Nous devons nous préparer pour une situation d'urgence. Cette mystérieuse transmission a attiré l'attention et nous ignorons ce qui va se passer. Je suggère de réfléchir à ce que nous pouvons faire au lieu de gémir sur ce que nous ne pouvons pas faire.

Lorsqu'elle se rassit sur le banc à côté de ses amis, Octavia fut surprise de voir Cyn McCarthy se lever.

— Et ces Terrans que vous avez contactés, Nik ? Pouvons-nous compter sur des renforts de leur part ? Vont-ils venir bientôt ?

Une moue perplexe fronça le front du maire Nikolai.

— L'Empire Terran, ah oui. Leur empereur a dit qu'il expédierait quelqu'un immédiatement.

Il réfléchit un moment et rougit.

— Evidemment, cela fait déjà plusieurs jours. Et même s'ils sont en chemin, un nouvel engin extra-terrestre peut apparaître dans le ciel au-dessus de nos têtes avant qu'ils arrivent.

Cyn releva les épaules et Octavia vit une lueur de détermination dans ses yeux.

— Dans ce cas, nous devons être prêts à nous défendre.

Kiernan Warner se leva.

— Et les explosifs que nous utilisons pour aplanir les champs et creuser les mines ? Ne pouvons-nous pas les utiliser comme des armes ?

Un murmure d'approbation et d'espoir parcourut la salle. Wes bondit sur ses pieds.

— Hé, la plupart d'entre nous possèdent aussi des pistolets pour chasser les lézards.

Son cousin Jon se leva ensuite.

— Je suis plutôt doué en mécanique. Peut-être qu'à nous deux, Octavia et moi pouvons réparer la tourelle à missiles du square principal.

Octavia lui lança un sourire d'encouragement. Les choses semblaient s'arranger.

— Ma moissonneuse a un brise-rocher et beaucoup d'autres ont des lance-flammes. Elles peuvent faire beaucoup de dégâts.

Le vieux Rastin interrompit ce flot de suggestions positives.

— Vous n'êtes qu'une poignée d'imbéciles au cerveau engourdi, si vous me demandez. Des objets à moitié enfouis, des vaisseaux extra-terrestres – croyez-vous vraiment que nous soyons envahis ? Et qui croyez-vous que soient ces extra-terrestres ? La vérité, c'est que nous ne savons pas ce qui se passe, et en attendant de le savoir, je ne vais pas rester assis ici à caqueter.

Il bouscula plusieurs personnes en se dirigeant vers la sortie.

— Et n'espérez pas que je vous refile du gaz Vespene gratis sous prétexte que vous croyez que le ciel vous tombe sur la tête.

Il fit une grimace de dégoût, marcha vers la sortie et quitta la salle.

Le maire Nikolai resta un moment bouche bée devant l'audace du vieux, puis il se ressaisit.

— Eh bien, naturellement, il ne faut pas paniquer. Monsieur Rastin a raison. Après tout, l'Empereur Mengsk de l'Empire Terran a été mis au courant de la situation et les secours vont probablement bientôt arriver...

Sa voix s'éteignit.

Craignant que les colons ne retombent dans leur suffisance habituelle, Octavia bondit sur l'estrade devant le maire.

— Nik a raison. Ce n'est pas le moment de paniquer. C'est le moment de faire quelque chose de constructif.

Elle sourit en voyant Cyn et ses autres amis la rejoindre sur l'estrade.

— Nous avons tous entendu ce que nous pouvons faire pour nous préparer à ce qui peut arriver.

La foule murmura son approbation et les colons se dispersèrent pour rentrer dans leurs fermes et leurs foyers.

13

Sur le pont du *Qel'Ha*, l'Exécuteur Koronis observait en silence les images à haute résolution que l'Observateur transmettait depuis la magnifique structure organique. Cliché après cliché, les courbes et les angles donnaient à la chose découverte l'apparence d'une cathédrale construite par des insectes trop ambitieux. Des volutes et des courbes, des lumières rayonnantes, une architecture manifestement complexe, inanalysable.

Le Judicateur Amdor se tenait à côté de lui, excité et impatient – un grand changement par rapport au scepticisme buté qu'il avait exprimé pendant les dernières années de leurs recherches infructueuses.

Koronis était fasciné par les cristaux dentelés de minéral transparent et luisant qui jaillissaient du terrain bouleversé tout autour de la chose exposée.

— Ce sont des cristaux Khaydarin, dit-il en essayant d'imaginer la puissance que des fragments de cette taille pouvaient posséder.

Il se souvint de la décharge d'énergie qui le traversait chaque fois qu'il prenait dans sa main le minuscule cristal conservé dans ses appartements privés. Même sans les secrets de l'étrange chose, des cristaux aussi massifs constitueraient une arme et une ressource importante pour les Protoss.

Amdor semblait plus intrigué par les formes et les runes étranges qui étaient marquées sur la coquille extérieure.

— Comme le signal original le laissait supposer, ces indices sont la preuve indéniable que cet objet est bien d'origine Xel'Naga. Nous avons trouvé un legs des Voyageurs du Lointain.

Le Judicateur tourna son regard étincelant vers tous les autres Protoss réunis sur le pont du *Qel'Ha*. Son être mental grondait d'un entousiasme qui gagnait peu à peu les autres Khalai et leur inspirait une grande ferveur.

— Nous devons récupérer ce trésor légué par nos ancêtres, les Xel'Naga.

Comme s'il était le commandant de la flotte, Amdor fit un geste autoritaire.

— Allez ! Le plus vite possible ! Nous devons nous emparer de cet objet et le préserver pour notre peuple.

L'Exécuteur Koronis se raidit. La place qu'occupait Amdor dans la hiérarchie de la caste ne l'autorisait pas à donner un tel ordre. Il répéta donc l'ordre comme si les instructions étaient les siennes.

— Nous ne rentrons pas immédiatement au pays. Oui, même si Aiur a souffert dans une guerre terrible, une découverte de cette envergure peut aider les Premiers Nés à se relever.

Amdor reporta les yeux sur les images.

— Les envahisseurs Zerg pénètrent l'espace Protoss, et bien qu'ils soient eux aussi d'origine Xel'Naga, nous, les Premiers Nés, ne pouvons les accepter comme frères. Nous ne pouvons permettre aux Zerg de s'emparer de cet objet ou du savoir qu'il recèle. Le legs des Xel'Naga doit nous appartenir.

Loin de là, l'Observateur poursuivait son inspection et transmettait de nouvelles images du monde banal de

Bekhar Ro. L'Exécuteur Koronis fut surpris de voir la colonie Terrane organisée et les bâtiments érigés par le petit groupe de colons humains essayant de survivre ici.

Cependant, lorsque la vieille tourelle à missiles s'activa et tira sur l'engin camouflé dans le ciel, l'Exécuteur recula sur son siège comme si le missile l'avait atteint personnellement. L'explosion mit feu aux délicats détecteurs des larges tableaux de l'Observateur et l'appareil de reconnaissance s'écrasa.

La perte de l'Observateur contraria le Judicateur Amdor – pas à cause de la menace insignifiante des Terrans, mais parce qu'il ne recevrait plus d'images de la chose Xel'Naga jusqu'à ce qu'ils débarquent eux-mêmes sur le monde de la colonie.

— Lorsque nous aurons atteint la planète, il faudra peut-être procéder avec précaution, dit Koronis. Nous ne savons pas quelle puissance militaire ces Terrans possèdent, ni quelle forme de défense ils peuvent nous opposer. Je suggère de laisser la flotte en arrière et de pénétrer dans le système plus lentement pour évaluer la situation.

Le Judicateur tourna sa colère contre Koronis.

— Inutile ! Vous avez vu les images. C'est une colonie négligeable, avec très peu de ressources technologiques. Les Terrans n'ont aucune importance.

Koronis dut plier et le *Qel'Ha* se propulsa à vitesse maximale à travers l'espace avec le reste de la force expéditionnaire.

L'Exécuteur passa en revue les images que l'Observateur avait transmises, fasciné par la structure Xel'Naga. N'ayant pu participer à la grande bataille pour protéger Aiur et ayant échoué dans leur quête des Dark Templar, Koronis pensa que cet objet lui permettrait d'accomplir la troisième partie de leur mission. C'était peut-être sa rédemption.

14

Au cours des deux journées suivantes, pendant que les colons se préparaient pour une nouvelle menace imminente, Octavia se sentit de plus en plus agitée. La tension dans son esprit grandissait. Elle percevait une présence, comme si quelque chose de vivant cherchait à communiquer avec elle.

Une prémonition ? Ou simplement son imagination excitée ?

Sans les étranges événements de la semaine passée, elle aurait écarté ce sentiment inconfortable, mais elle savait qu'il cachait quelque chose de plus. Elle pleurait encore la perte de son frère, mais ce n'était ni le fantôme de Lars ni sa présence qui planait avec tant d'insistance au bord de sa conscience.

La tension développait en elle une pression psychique qui devenait peu à peu insupportable. Elle travaillait seule dans ses champs. Elle avait déjà réuni ses petites armes à main et distribué son excédent de vivres à la cuisine communautaire organisée par Abdel Bradshaw.

Il n'y avait eu aucun signe de renforts de l'Empire Terran, et personne n'avait vu de vaisseaux ou d'objets extra-terrestres.

Pourtant, la crainte et le malaise obstruaient son cerveau et la faisaient sursauter devant des ombres.

Octavia finit par ne plus pouvoir le supporter. Sans même savoir ce qu'elle voulait faire, elle grimpa dans la moissonneuse et partit en direction de la chose. Elle avait besoin de la voir, de lui faire face, et peut-être d'obtenir quelques réponses.

Tout au long du chemin, elle perçut une connection grandissante avec la chose à un niveau subconscient, un lien presque télépathique. *Se pouvait-il que la chose fût elle-même vivante ?*

A chaque cliquetis des chenilles de la moissonneuse, elle pouvait le sentir, l'entendre. Quelque chose qui sommeillait, qui s'agitait. Quelque chose d'énorme et d'extra-terrestre.

Cela avait semblé dévorer Lars – l'absorber, peut-être – et ensuite avait paru le trouver insuffisant. Oui, c'est ce que semblait dire la présence dans son cerveau. La chose avait faim. Elle devait se nourrir de vie.

Mais pas de vie Terrane. Quelque chose de... différent.

Pendant que la moissonneuse descendait dans la seconde vallée et traversait la cuvette en direction de la pente où la chose gisait à moitié déterrée, le sentiment de faim s'intensifia, devint plus insistant. Une faim de vie.

Enervée, Octavia tenta de repousser la présence hors de son cerveau. Si elle ne voulait pas de vie Terrane, pourquoi la chose avait-elle tué son frère ? Elle l'avait tué par hasard et après – quoi ? Elle s'était débarrassée de son essence ? Octavia ne savait pas, et cela ne comptait plus pour elle. Tout ce qui comptait, c'était que Lars était mort à cause de cette chose.

Elle gara la moissonneuse au pied de la pente et jeta sur l'énorme objet fantastique un regard dur et calculateur. Il avait faim, non ? Eh bien, elle aussi, elle avait faim – de vengeance. Elle voulait faire quelque chose de pratique pour se changer les idées.

Du cockpit de la moissonneuse, elle mit le brise-rocher en marche. Pendant la réunion, c'était elle qui avait suggéré de l'utiliser comme une arme. Eh bien, maintenant, elle allait voir.

Octavia visa soigneusement et appuya sur la détente du petit lanceur d'explosif qui servait normalement à déblayer les champs. Elle pressa le doigt et observa le résultat, se sentant déjà satisfaite.

Le projectile arriva droit sur la cible. L'explosion qu'Octavia connaissait si bien fut assez puissante pour pulvériser plusieurs grands cristaux qui poussaient comme des mauvaises herbes dans les rochers. Pendant près d'une minute, une pluie de galets et de terre retomba sur la moissonneuse.

Lorsqu'elle fut certaine que la pluie de terre était finie, Octavia nettoya le pare-brise de la moissonneuse et regarda les dommages qu'elle avait causés.

Rien. Pas une égratignure.

La seule différence, c'était que l'objet semblait encore plus brillant... encore plus *en bonne santé* qu'avant. Octavia n'était parvenue qu'à nettoyer la terre qui tachait la surface. Fascinée et frustrée, elle vit que l'objet se mettait à palpiter. Tout autour, la forêt de cristaux s'alluma d'un feu intérieur. Une énergie courut sur la surface lisse et souple de la chose, lançant des éclairs et se chargeant d'intensité jusqu'à ce que les éclairs s'unissent en un épais rayon qui partit comme une flèche sur la moissonneuse.

Elle hurla et baissa la tête en se couvrant les yeux.

La riposte de la chose frappa le lourd véhicule comme un météore. Octavia s'agrippa au siège dans la cabine et tint bon pendant que la moissonneuse balançait sur ses chenilles. Elle songea à plonger dehors pour se mettre à l'abri, mais jugea que ce serait encore plus dangereux.

Les panneaux de contrôle du véhicule clignotèrent et sifflèrent. La chose extra-terrestre continuait à tirer, comme pour s'assurer que le message était bien reçu. Les cheveux d'Octavia se dressèrent sur sa tête par effet d'électricité statique. Elle poussa un autre hurlement, à mi-chemin entre le cri de panique et la malédiction, en direction de la chose qui dépassait de la colline.

Finalement, la fusillade prit fin, laissant Octavia à moitié sourde et la grosse moissonneuse totalement morte. De brillantes taches de couleur nageaient dans les yeux de la jeune fille, à cause des lumières étincelantes. La cabine était pleine d'ozone et de fumée, une vapeur ardente s'échappait du compartiment du moteur.

En sortant de la cabine, Octavia se brûla les mains et le côté d'une jambe sur le métal chaud. Surprise, elle bondit pour s'éloigner du véhicule endommagé. Elle vit qu'il n'y aurait pas moyen de réparer la moissonneuse. Les systèmes électriques étaient grillés et plusieurs éléments amovibles avaient fondu. Le moteur ne redémarrerait plus jamais.

Mais Octavia était toujours vivante.

La chose avait détruit la moissonneuse sans faire aucun mal à Octavia, même après avoir été attaquée par elle. Qu'est-ce que ça voulait dire ? Octavia secoua la tête et regretta d'avoir tenté une entreprise aussi stupide.

Passant une main dans ses boucles brunes, elle vit derrière elle le soleil qui descendait vers l'horizon. Le chemin du retour allait être long.

15

Tandis que son vaisseau parcourait le vide de l'espace, la Dark Templar Xerana était assise au milieu des ressources intellectuelles qu'elle avait réunies dans sa bibliothèque et son musée. Ses trésors.

Elle n'avait aucune envie de dormir maintenant qu'un nouveau mystère s'offrait à elle.

Xerana avait reçu et enregistré le signal sonore venu d'un monde lointain et insignifiant. Elle avait étudié la transmission, analysé chaque nuance, cherché à la décoder. Elle avait pris d'anciens motifs électromagnétiques incompréhensibles et les avait organisés en strates de signification subtile. Elle savait que peu d'autres êtres vivants dans la galaxie étaient capables de comprendre de pareilles choses.

Mais les érudits Dark Templar avaient accès à des informations et des textes Xel'Naga secrets. Xerana connaissait des fragments de leur Histoire que les autres Protoss avaient oubliés depuis longtemps. Elle seule, parmi toute sa race, avait une chance de déchiffrer la véritable signification et l'origine de cette transmission extra-terrestre.

Elle laissait son vaisseau aller à la dérive, porté par

les courants du Vide au gré de la gravité et des vents solaires. Elle repassa inlassablement le signal jusqu'à ce que chaque cellule de son corps soit pleine de ce son hypnotique – et finalement, utilisant chacune des connaissances qu'elle avait en archives, Xerana put comprendre le profond secret de l'étrange chose qui se réveillait.

Enfin libérée de son état de concentration obsessive, l'érudite Dark Templar sentit un frisson de satisfaction parcourir son corps. Mais au moment de rejoindre le pont de son vaisseau errant, elle se trouva faible et tremblante. Xerana fit une pause pour concentrer son énergie. Il y avait tant de choses à faire, une mission à accomplir. Elle alla rapidement jusqu'au siège de contrôle, s'assit et commença à reprendre des forces.

Xerana venait de traduire le mystérieux signal, mais elle savait également que d'autres Protoss – et peut-être même des Zerg – avaient entendu le signal. Heureusement, aucun d'entre eux ne pourrait comprendre ce qu'était la chose.

Elle n'avait pas d'autre choix que d'accomplir son devoir.

Longtemps auparavant, le Conclave des Judicateurs avait frappé les Dark Templar d'ostracisme. Le peuple de Xerana avait été chassé d'Aiur, exilé, séparé du reste de leur race et persécuté. Mais Xerana et ses camarades demeuraient loyaux. Aujourd'hui encore, l'honneur exigeait qu'elle avertisse les autres, à tout prix.

Xerana augmenta les moteurs de son vaisseau Scout et partit à une vitesse vertigineuse dans le Vide, naviguant vers les coordonnées qu'elle avait pu établir en écoutant le signal. A part son savoir et sa confiance, elle ne disposait pas d'armes.

Elle voyageait seule, pleinement consciente que d'autres Protoss convergeaient peut-être en ce moment vers le même site. N'importe quel Judicateur serait heureux de capturer un Dark Templar comme elle. Ce voyage allait être très dangereux, mais Xerana n'avait pas le temps d'avoir peur. Elle n'avait pas d'autre choix que de courir le risque.

Son vaisseau parcourut rapidement la distance jusqu'à Bekhar Ro.

16

Parti de Char, Kukulkan Brood traversa l'espace vide entre les étoiles. Même dans les froides ténèbres, leurs corps blindés faisaient des Zerg une flotte de monstrueux vaisseaux de l'espace vivants. Constitué de plusieurs catégories différentes de créatures contrôlées chacune par un Overlord, le Brood obéissait aux directives de la Reine de Pique, qui avait imaginé ce plan pour envahir, capturer et exploiter la chose Xel'Naga.

Elle appartiendrait aux Zerg par droit de conquête.

D'énormes Béhémoths, les plus grandes créatures connues dans la galaxie, volaient comme des raies manta entre les étoiles. Dotés d'une peau très dense, les Béhémoths pouvaient contenir beaucoup d'autres minions Zerg dans les plis et les poches de leur corps extensible. Ces créatures n'avaient pas d'armes, pas même de défense, mais elles portaient dans leur sein toute la puissance et l'horreur des autres sous-espèces Zerg.

Des siècles plus tôt, quand les anciens Xel'Naga avaient expérimenté pour créer les Zerg, ils avaient adapté certaines formes de vie indigène féroces et hautement compétitives sur la planète Zerus. Ces prototypes Zerg s'étaient rapidement adaptés en assimilant toutes les espèces natives de cette planète. Mais, lorsque leur race fut devenue plus puissante et intelligente, l'Overmind Zerg atteignit un point critique, une sorte de barrage routier qui l'empêchait de continuer à se développer. Les Zerg étaient dépendants de leur planète – jusqu'à ce que des Béhémoths pénètrent dans leur système en volant d'étoile en étoile.

Immenses et dociles créatures du Vide, les Béhémoths se rapprochèrent suffisamment de Zerus pour que l'Overmind puisse entrer en contact avec eux grâce à ses grands pouvoirs télépathiques. Après avoir attiré ces créatures peu méfiantes à proximité, les minions Zerg les avaient attaquées et infestées. Très vite, la formule génétique des Béhémoths avait été incorporée à l'ADN Zerg.

De cette façon, les terribles Zerg avaient acquis la possibilité de voyager de système en système. Rien ne pouvait plus les arrêter.

Aujourd'hui, obéissant aux ordres de la Reine de Pique, les Béhémoths de Kukulkan Brood transportaient les forces armées de Sarah Kerrigan vers Bekhar Ro. Les énormes créatures formaient en orbite un nuage organique qui obscurcissait la lumière des lointains soleils. Elles descendirent vers les limites voilées de l'atmosphère et leur peau s'ouvrit pour laisser sortir les Overlords, les principaux vaisseaux des forces Zerg.

Les Overlords étaient d'immenses créatures en armure d'exosquelette qui avaient la forme de crustacés, avec d'énormes mandibules et des pinces pendantes. Mais ils semblaient lilliputiens par rapport à la masse gigantesque des Béhémoths au-dessus d'eux dans le ciel. Les Overlords émergeaient des poches des Béhémoths et tombaient en chute libre à travers l'atmosphère, giflés par le vent.

Le signal émis par la chose Xel'Naga avait été trop

bref pour que les Zerg puissent localiser le lieu précis de son origine. Ils n'en avaient qu'une idée générale, mais les Overlords de Kukulkan Brood étaient patients et très méthodiques. Mus par leur propre énergie, ils se mirent à évoluer entre les nuages épais et les zones de tempête, éraflés par les éclairs mais intacts.

Finalement, l'essaim parvint à proximité du grand objet dans la montagne. Une portion de Kukulkan Brood demeura en orbite avec les Béhémoths, prête à descendre comme une seconde vague lorsque les premières troupes de monstres auraient rempli leur objectif.

Les Overlords se dispersèrent pour lâcher alentour des groupes de Bourdons qui allaient établir plusieurs Couveuses et des Creep Colonies. La Couveuse, le cœur de la nouvelle colonie Zerg, produirait assez de larves pour multiplier tous les minions dont Kukulkan Brood avait besoin pour conquérir cette planète.

Les Overlords se chargeraient de maîtriser la chose mystérieuse et de s'accaparer tout ce qui pouvait être pris. Mais tout d'abord, ils avaient l'intention de trouver des victimes sur place, des organismes que les Zerg pourraient infester pour accroître leur nombre...

La maison et la raffinerie de Rastin, installées autour d'un groupe de geysers de Vespene, se trouvaient loin de la ville, mais le vieux prospecteur avait vu trop de monde au cours des derniers jours. D'abord, Lars et Octavia étaient venus chercher du fuel, puis il avait été convoqué deux fois à la salle des fêtes de Free Haven pour des réunions avec la colonie entière.

Il s'était rendu en ville en ronchonnant dans son unique véhicule – un vieux 4 × 4 branlant. C'était plus de contact humain qu'il n'en avait généralement en un an et, les deux fois, il était resté à peine quelques heures avant de rejoindre sa raffinerie et son chien, Old Blue.

Mais depuis la dernière tempête et le tremblement de terre, l'un de ses trois geysers encore en activité s'était tari, et Rastin pouvait bien s'acharner à donner des coups de pied dans la machinerie, celle-ci ne voulait plus fonctionner. Il avait entendu dire que plusieurs nouveaux geysers étaient apparus de l'autre côté de la crête montagneuse, dans la vallée adjacente, mais il vivait au même endroit depuis près de quarante ans et n'avait aucune intention de déménager.

Même si l'idée de vivre encore plus loin de Free Haven n'était pas pour lui déplaire…

Old Blue sortit du coin frais et tranquille qu'il avait élu sous le porche rouillé pour y faire la sieste, et se mit à renifler aux quatre vents. De taille impressionnante, le grand dogue muté arrivait presque à la poitrine de son maître. Rastin avait d'abord songé à utiliser ce chien aussi grand qu'un cheval, avec son pelage bleu hérissé et son appétit d'éléphant, comme bête de somme : le meilleur ami de l'homme aurait pu l'aider à porter les échantillons de minerai et les vivres. Au lieu de ça, le chien était resté un simple compagnon, une grosse créature affectueuse qui bavait beaucoup et grognait parfois, mais jamais sérieusement.

Rastin caressa distraitement le chien, qui se mit à galoper ici et là à la recherche de lézards-oursins ou de scarabées-crabes. Une fois, il avait eu le museau cruellement piqué d'épines par un lézard-oursin et il savait désormais qu'il valait mieux ne pas mordre en jouant.

Rastin rafistolait son équipement avec de vieux outils usés, grognant et maudissant les moteurs. Mais la machine ne parut pas impressionnée par son langage grossier. Dégoûté, il se releva, jeta sa clef à écrou aussi loin que possible dans les rochers et regretta aussitôt d'avoir fait une chose aussi stupide, parce qu'il fallait maintenant aller la chercher.

A côté de lui, il fut surpris de voir Old Blue s'asseoir sur son derrière et se mettre à hurler comme les loups. Les babines du gros chien bleu étaient retroussées sur ses crocs tandis qu'il grognait et couinait.

— Qu'est-ce qu'il y a ? demanda Rastin. Tu as peur d'un petit rat de prairie, gros froussard ?

Mais Old Blue ne se calmait pas. Il grognait toujours, puis se ramassa à quatre pattes et commença à ramper à reculons, comme s'il voulait fuir à l'anglaise. Rastin leva les yeux et distingua un essaim de formes dans le ciel, un troupeau de créatures – incroyablement grandes – qui descendait à travers les nuages et se déplaçait comme une armada de vaisseaux de guerre vivants. *Qu'est-ce que… ?*

Avec un vrombissement menaçant comme une ruche d'abeilles en furie, l'essaim d'envahisseurs se rapprocha. Des dizaines de créatures blindées à plusieurs jambes se détachèrent, certaines venant en direction des collines où était la maison de Rastin.

Les geysers de Vespene qui bouillonnaient et crachaient leur vapeur dans l'air semblaient attirer les étranges envahisseurs extra-terrestres. Old Blue jappa et finit par perdre son courage de chien. Il courut se réfugier sous le porche rouillé pour se terrer dans l'ombre.

Tentant de surmonter par un accès de colère la peur qui le paralysait, Rastin alla chercher dans sa cabane une vieille carabine à plomb dont il se servait pour chasser les rongeurs qui dévastaient ses réserves. Il ressortit et leva l'arme avec un air de défi, serrant les dents.

Les Overlords Zerg descendirent vers les collines et s'approchèrent des geysers de Vespene. Leurs carapaces s'ouvrirent et libérèrent une pluie de monstres hideux qui semblaient entièrement faits d'épines, d'exosquelettes blindés et de mâchoires claquantes. Lorsqu'il vit les Zerglings jaillir en un piétinement de griffes et de crocs vicieux, Rastin, qui avait tenu bon jusque-là, retourna dans sa cabane.

Derrière les Overlords, un nouveau type de créatures descendait – une masse de tentacules blindés comme des matraques, avec une tête sinueuse et une membrane extensible qui rattachaient certains tentacules à la manière des ailes de chauves-souris.

Une Reine. Et elle avait l'air de venir droit sur lui.

Rastin déchargea sa carabine à plomb sur l'essaim qui fondait sur lui, rechargea, tira une deuxième fois. Il savait que son arme était trop faible, que mille ans ne suffiraient pas pour réunir assez de munitions pour repousser cet ennemi, mais il lâcha un juron et tira encore. Et encore. Lorsque les plombs furent épuisés, il hurla des malédictions en voyant les Zerglings voraces glisser vers lui comme une vague de mort.

Et ils lui tombèrent dessus.

17

Octavia n'aimait pas se déplacer à pied la nuit, mais la moissonneuse était hors d'état et il n'y avait pas d'autre solution. Elle marcha pendant des kilomètres à travers la vallée, escalada la crête montagneuse, pantelant et suant, et reprit en trébuchant la route de la ville.

Elle se sentit mal à l'aise tout au long du chemin.

Le sol était incertain, taché d'ombres qui pouvaient dissimuler des trous, des crevasses entre les rochers semblaient surgir pour lui prendre le pied. Si jamais elle se foulait une cheville, il lui faudrait faire tout le chemin jusqu'à Free Haven à cloche-pied.

La nuit était sombre, le ciel chargé de nuages qui couvraient les étoiles. Heureusement, ils n'étaient pas porteurs de tempête. D'étranges éclats de lumière illuminaient parfois le ciel comme des aurores ou des éclairs lointains, mais leurs couleurs et leurs formes différaient de celles qu'Octavia avait l'habitude de voir sur Bekhar Ro.

Décidément, il se passait trop d'événements étranges ces derniers temps.

Elle pressa le pas en descendant la colline, heureuse

d'apercevoir les pâles lumières de la raffinerie à Vespene du vieux Rastin. Le prospecteur misanthrope ne serait sans doute pas agréablement surpris d'avoir de la visite, surtout à cette heure de la nuit, mais Octavia n'avait pas le choix. Rastin avait un véhicule, un vieux 4 × 4 à Vespene. Il pourrait sans doute la reconduire jusqu'à la ville.

Et puis Old Blue serait heureux de la voir et, après les terribles moments qu'elle venait de vivre, elle trouverait une consolation à caresser le pelage soyeux du gros chien et à le voir battre de la queue.

Elle emprunta un sentier qui pouvait avoir été tracé par le vieil ermite et s'aperçut bientôt avec soulagement que le chemin menait jusqu'à la maison. Elle pressa le pas, animée par la conviction que sa mésaventure touchait à sa fin.

Lorsqu'elle s'approcha, Octavia vit que seules quelques lumières automatiques étaient allumées dans l'ensemble de la raffinerie, jetant une étrange lueur argentée sur les geysers de Vespene qui fumaient dans l'air. Le lieu avait l'air abandonné, hanté… Peut-être le vieux Rastin était-il déjà allé se coucher. Octavia n'avait aucune idée de l'heure qu'il pouvait être.

— Hé, Rastin ? cria-t-elle. C'est Octavia Bren.

Elle se tut, mais seul le silence lui répondit. Même les grillons et les lézards étaient silencieux dans la nuit – ce qui était très étrange. Cela rendait l'obscurité encore plus oppressante.

— Hé, Rastin ? J'ai besoin de votre aide.

En temps normal, Octavia serait allée frapper à la porte, mais ce silence inhabituel la mettait mal à l'aise. Rastin était imprévisible, il pouvait aussi bien sortir avec son arme pour « protéger » sa maison des visiteurs tardifs. Des intrus. Elle n'avait pas envie de recevoir une volée de chevrotine dans les fesses.

Elle fit quelques pas, perdant de son assurance.

— Hé ? Il y a quelqu'un ?

Elle pensait qu'Old Blue se mettrait à aboyer pour elle. Mais non, le silence s'intensifia.

Le maire Nik avait peut-être organisé une nouvelle réunion. Dans ce cas, Rastin était allé en ville en prenant Old Blue avec lui. Oui, c'était probablement l'explication de ce silence.

Lorsqu'elle vit le véhicule immobile dans une clairière à quelques dizaines de mètres de la cabane, elle comprit qu'elle se trompait. Le vieux bonhomme ne se rendait jamais nulle part sans son véhicule, il fallait donc qu'il soit à la maison. Cela n'avait ni queue ni tête. Octavia sentit la peur lui glacer l'estomac.

Dans sa tête, quelque chose se mit à résonner, la clameur d'innombrables voix extra-terrestres, différentes les unes des autres mais toutes apparentées. Un frisson la parcourut. Qu'est-ce que ça voulait dire ? Elle avait déjà ressenti quelque chose de similaire – une présence extra-terrestre – près de la chose enterrée qui avait désintégré Lars et anéanti la moissonneuse.

Mais ce qu'elle sentait maintenant était différent. Plus agressif. Menaçant. Affamé.

Près de la cabane du prospecteur, elle vit que le sol rocheux inégal était couvert d'une mousse rampante, une pellicule épaisse et visqueuse comme un tapis d'humus. Cette substance se développait comme un matelas organique et sortait des geysers de Vespene, de la raffinerie et de la cabane elle-même.

Elle se baissa pour la toucher et regretta aussitôt son geste. Ses doigts étaient souillés, elle crut qu'elle ne pourrait plus jamais les laver. L'étrange matière avait une odeur de pourri, de moisi, entièrement différente de la végétation qui poussait normalement sur Bekhar Ro. Le tapis d'humus grandissait à vue d'œil.

Sur des parcelles de terre que la substance n'avait pas encore recouvertes, Octavia vit plusieurs sortes d'empreintes de griffes, comme si une troupe de monstres insectiformes avaient piétiné le sol.

Inquiète pour Rastin, elle marcha sur la pointe des pieds jusqu'à la cabane du prospecteur. Le silence régnait toujours. Elle cria une nouvelle fois, prête à détaler au moindre bruit tant son malaise s'était peu à peu changé en terreur.

— Rastin ? Je vous en supplie, répondez-moi.

Comme elle marchait sur la plaque de métal rouillé grinçante qui formait le porche, elle entendit quelque chose à côté d'elle et distingua une grande créature qui bougeait dans l'ombre.

— Old Blue ! cria-t-elle en essayant de se convaincre mentalement qu'elle était soulagée.

Mais elle recula en voyant un éclair de pelage bleu ciel et une masse de muscles noueux lorsque la bête surgit de l'ombre où elle rôdait. Ce qui avait naguère été Old Blue, le chien mutant géant, était désormais autre chose.

Il était *infesté*.

Son dos était couvert de piquants. Au-dessus de chaque patte, des membres jointés blindés sortaient de ses épaules, armés de griffes claquantes. Ses yeux étaient tombés à l'intérieur du corps et quatre nouveaux yeux oscillaient sur des antennes souples en se concentrant sur Octavia. Retroussant les babines, il montra des crocs grands comme des défenses d'éléphant. De sa gueule enragée dégoulinait une bave épaisse et gélatineuse comme une mousse verte acide.

Octavia entendait maintenant d'autres choses bouger autour de la maison, des corps en mouvement. La chose-chien poussa un long grognement liquide du fond de la gorge, et Octavia recula. Des pattes d'Old Blue jaillirent une nouvelle série de griffes aussi grandes que des sabres et ses muscles roulèrent comme des câbles sur des poulies bien huilées.

Octavia fit volte-face et s'élança en courant dans l'obscurité. Old Blue se jeta à sa poursuite.

18

La planète semblait insignifiante alors que le *Qel'Ha* se rapprochait, flanqué par la flotte des forces expéditionnaires Protoss. Mais les apparences n'avaient guère d'importance. Pour le moment, l'Exécuteur Koronis ne s'intéressait qu'aux origines du signal qui avait convoqué les Protoss ici. Le message Xel'Naga.

Derrière lui, le Judicateur Amdor regardait par les hublots avec ses yeux jaune-orange. Il semblait persuadé qu'il pouvait conquérir ce lugubre monde gris-vert, là-bas, par la seule force de sa volonté.

— Je ne tolérerai pas d'échec, Exécuteur. Pas cette fois, dit Amdor sévèrement.

Son message télépathique était mal contrôlé et les Protoss qui se trouvaient sur le pont du vaisseau amiral remarquèrent le sous-entendu menaçant qu'il contenait. Cela contraria Koronis. C'était mauvais pour le moral des troupes.

Raidis dans leur position de chefs religieux et politiques, les Judicateurs ne comprenaient pas toujours la manière dont le reste des Khalai répondaient aux sous-entendus et aux allusions. Mais Koronis ne voulait pas provoquer une discussion maintenant. Ce genre de choses devait être débattu derrière des murs à écran télépathique, afin que même les disputes et les cris mentaux les plus violents ne soient pas entendus par les autres membres de l'équipage.

Ce conflit pouvait attendre. Il avait une mission plus importante pour le moment.

— Une flotte de défense restera en orbite, dit-il. Trois Carriers surveilleront notre position du haut pendant que le reste ira s'emparer de l'objet Xel'Naga. Nous ne savons pas si nous rencontrerons de la résistance.

Il balaya du regard le pont du navire, sentit l'excitation et la loyauté de son équipage.

— Je vais d'abord envoyer des Scouts pour supprimer toute résistance, aussitôt suivis de Shuttles qui porteront des Zélotes, des Dragons et assez de Reavers pour assurer notre suprématie au sol. Le Judicateur Amdor et moi descendrons dans l'Arbiter principal ; les autres Judicateurs prendront vingt autres Arbiters et serviront de couverture et de camouflage à nos forces.

Amdor parut ennuyé que l'Exécuteur ne l'ait pas consulté avant de donner ses ordres, mais il fit un signe de sa tête lisse et grisâtre, satisfait du rôle qu'il tenait dans cette importante opération.

Tels des faucons, les Scouts se détachèrent du reste de la flotte dans l'espace et fendirent l'atmosphère en direction de Bekhar Ro. A bord de ses guerriers hyperrapides, des explosifs à double photon et des missiles antimatière étaient armés et prêts pour la résistance.

L'Exécuteur Koronis espérait qu'une attitude aussi agressive serait une précaution inutile, car il était persuadé que sa flotte était arrivée ici la première, avant que tout autre ennemi puisse répondre à l'appel de la chose. Il quitta le pont de commande, suivi de près par la forme haute et imposante du Judicateur Amdor. Ils marchèrent dans les couloirs du vaisseau amiral jusqu'aux rampes de lancement. Koronis grimpa à bord de l'Arbiter principal.

Lorsque les vaisseaux furent lancés, volant dans le sillage des rapides Scouts, le vaisseau Arbiter de Koronis se détacha de la flotte. L'Exécuteur était triste de quitter le magnifique porte-avions *Qel'Ha*. On aurait dit une longue fleur lisse dans l'espace, une fente ellipsoïdale dans des pétales à moitié clos. L'Exécuteur voyageait à bord du vaisseau amiral géant depuis des dizaines d'années dans sa recherche infructueuse, et maintenant son triomphe imminent était assombri par un vague pressentiment. Il ne pouvait pas croire que sa mission serait aussi simple que le prétendait le Judicateur.

Il commanda à la flotte qui descendait sur Bekhar Ro d'éviter tout contact avec la colonie Terrane voisine. Il ne craignait pas les armes et les défenses des colons, mais il avait appris à ne pas chercher des problèmes inutiles. Koronis évitait les distractions et les conflits, il se concentrait sur ce qui était nécessaire pour atteindre ses objectifs.

Entourés par leur couverture d'invisibilité, les Arbiters, les Dropships, les Carriers et les Scouts tombèrent en piqué dans la vallée austère qui s'étendait au pied de la chose exposée. Des affleurements de minerai et un champ frais de geysers à Vespene fumants montrèrent à Koronis qu'il aurait assez de ressources naturelles pour établir tous les Reavers, les canons à photons et les défenses locales dont il avait besoin.

Lorsque les Arbiters atterrirent, semblables à des scarabées aux larges carapaces, la plupart des Protoss restèrent à bord, laissant à l'Exécuteur Koronis l'honneur d'être le premier à poser le pied sur ce monde à conquérir.

Koronis trouva que l'air avait une odeur sèche et poussiéreuse. Il demeura un moment immobile, pour s'imprégner de l'atmosphère. Le Judicateur Amdor sortit à côté de lui, si bien que les deux hommes se retrouvèrent ensemble au pied du coteau où était exposé le mystérieux objet Xel'Naga.

— Magnifique ! s'écria Amdor, son casque métallique luisant dans la lumière diffuse.

— Sentez-vous cette énergie ? Comprenez-vous quelle victoire sera la nôtre lorsque nous rentrerons à Aiur ?

Le Judicateur serra ses poings à trois doigts et fit un pas en avant en levant ses longs bras dans un geste majestueux. Ses robes sombres tourbillonnaient autour de son corps comme quelque chose de vivant.

— Je revendique cet objet au nom des Premiers Nés. C'est un triomphe pour les Protoss. Que personne ne remette en question notre droit de propriété. *En taro Adun !*

L'Exécuteur Koronis fronça ses sourcils broussailleux en songeant qu'Amdor se réjouissait trop vite.

— *En taro Adun*, répondit-il.

Il fit courir ses doigts le long de sa longue écharpe officielle. Certes, acquérir cet objet stupéfiant était une glorieuse victoire, mais il se demandait ce que la sévère bureaucratie des Judicateurs en ferait. Et comment feraient-ils pour déterrer un objet aussi gigantesque et le ramener sur Aiur ravagé par la guerre ?

A ce moment, venant de l'Arbiter qu'il avait commandé, Koronis entendit un signal désespéré transmis sur une bande télépathique. C'était le Templar Mess'Ta à bord du *Qel'Ha*.

— Exécuteur Koronis ! Nous venons de détecter une vaste flotte de Béhémoths Zerg en orbite qui s'approche de la planète. Ils se cachaient de l'autre côté ! Les Zerg sont arrivés ici avant nous.

Le Judicateur Amdor râla de haine devant l'affront des envahisseurs ennemis, mais Koronis comprit immédiatement la menace.

— Quelle est l'importance de la flotte Zerg ? demanda-t-il.

— Un Brood au complet, Exécuteur – je n'ai jamais vu autant de minions. Ce n'est pas une simple équipe de reconnaissance, mais une invasion à grande échelle.

Koronis resta médusé. Le Judicateur Amdor se tourna vers lui, les yeux étincelants.

— Ils ont dû réagir au signal, eux aussi ! Exécuteur, cet objet Xel'Naga doit nous appartenir. Il faut que les Protoss défendent leur droit.

Koronis répondit à Mess'Ta.

— Vous savez ce qu'il vous reste à faire, Templar.

— Oui, Exécuteur. Les défenses sont en place. Des vols d'Intercepteurs ont été préparés. J'ai donné des ordres pour attaquer l'ennemi.

19

Faisant face au monstre infecté, Octavia espéra qu'une partie primitive du cerveau d'Old Blue allait la reconnaître et hésiter. Mais son espoir s'envola en une seconde lorsque l'énorme chose-chien bondit sur elle.

Elle esquiva l'attaque en roulant sur elle-même hors du porche rouillé, si bien que le monstre géant passa au-dessus d'elle. Ses tentacules anguleux battirent l'air pour l'attraper. Les griffes tranchantes comme des rasoirs claquèrent au-dessus de son dos. Les yeux portés par des antennes se retournèrent pour la surveiller et savoir où frapper le prochain coup.

Oubliant sa fatigue et son désespoir, Octavia rampa hors du porche en s'égratignant les mains sur le métal rouillé. La chose-chien fit demi-tour sur les rochers brisés qui entouraient la cabane de Rastin, ses longues griffes raclant les galets.

Octavia courut dans l'autre direction, volant parmi les pierres.

— Rastin ! hurla-t-elle, mais elle savait que le vieux prospecteur ne lui viendrait pas en aide.

Elle fila vers le fragile abri des tours basses de la raffinerie qui couvraient les geysers de Vespene. Le mutant hideux qui avait naguère été Old Blue s'élança derrière elle, et elle accéléra, courant plus vite qu'elle n'aurait jamais cru en être capable. Ses muscles étaient tendus à craquer, mais l'adrénaline la soutenait.

Elle atteignit le petit bâtiment de la raffinerie et se glissa entre les barres de métal dentelées de l'échafaudage juste à temps avant que le monstre canin vienne heurter la structure. Il était trop gros pour passer et elle se sentit en sécurité pour un moment.

Old Blue cogna une nouvelle fois contre le grillage métallique qui plia sous le choc. Deux de ses longs bras grêles se jetèrent en avant comme des serpents prêts à mordre pour la saisir. Des postillons chauds et de l'écume s'écrasèrent sur le métal où ils se mirent à brûler en lâchant une écume corrosive.

Sans gaspiller d'énergie à pousser un cri, Octavia se réfugia dans la tuyauterie de la raffinerie. Au moment où Old Blue déchirait deux poutres métalliques en morceaux, elle trouva un tuyau d'écoulement et l'ouvrit pour asperger le chien monstrueux d'une bouffée de gaz Vespene concentré à haute température.

Grognant et grondant, la créature recula et se déchira un morceau de peau contre un bout de métal tranchant.

Saisissant l'occasion, Octavia reprit sa course, cette fois en direction du vieux véhicule cabossé de Rastin. Si seulement elle pouvait y entrer et le faire démarrer…

A mi-chemin, les yeux fixés sur la poignée de la portière, elle réalisa que le vieux prospecteur fermait probablement sa voiture pour que personne ne puisse s'en servir. C'était totalement absurde, dans une aussi petite colonie que Free Haven, mais Rastin était comme ça.

Sa main saisit la poignée – la voiture était ouverte ! Elle ouvrit la portière et s'évanouit presque de soulagement. Plongeant la tête la première dans le siège du conducteur, Octavia claqua la portière derrière elle.

Old Blue boitait maintenant, à cause de sa blessure ou parce qu'il était épuisé – ou peut-être parce qu'il mourait de l'horrible infection qui rongeait son corps velu et musclé. La chose-chien s'approcha à pas hésitants. Ses puissantes mâchoires s'ouvrirent dans le vide, comme si elles mâchaient un ennemi invisible. Ses tentacules épineux battaient l'air, comme pour saisir quelque chose, affamés, impatients de déchirer le moindre objet à leur portée.

Octavia tâtonna sous la colonne de direction du 4 × 4 et trouva le bouton du starter. Elle poussa de toutes ses forces avec le pouce.

Le moteur toussa mais ne démarra pas. Le véhicule parut soupirer, comme s'il avait déjà abandonné la partie. Elle appuya de nouveau. Allez !

Old Blue se rapprochait, menaçant.

A ce moment, la porte de la cabane de Rastin s'ouvrit d'un seul coup, poussée de l'intérieur hors de ses gonds et projetée à terre dix mètres plus loin. Une forme chancelante s'avança dans la pâle lumière qui éclairait l'obscurité. C'était la forme d'un humanoïde – ou du moins de ce qui *avait été* un humain. La silhouette semblait avoir été reconstituée par un fou à partir de morceaux de différentes espèces.

Rastin !

Des tentacules souples et des protubérances sortaient de la peau fissurée et purulente. Ce qui avait été le visage de Rastin pendait maintenant lamentablement sur sa poitrine, avec pour seuls traits reconnaissables deux yeux sauvages, terrifiés. Mais d'autres yeux extra-terrestres, noirs et recouverts d'écailles, regardaient par ses épaules et au sommet de son crâne.

D'un pas pesant, Rastin s'avança en tendant ses bras humains, tandis que ses membres musclés monstrueux battaient l'air en faisant claquer leurs griffes.

Old Blue s'immobilisa à côté du 4 × 4. Vu la vitesse à laquelle le monstre avait mis en pièces la structure de la raffinerie, Octavia savait qu'il pourrait facilement déchirer la faible carrosserie. Old Blue la tirerait hors du véhicule comme une noix à chair tendre hors de sa coquille.

Elle ferma tout de même la portière à clef.

Mais la chose-chien tomba à terre devant ses yeux, paraissant choisir soigneusement sa position. Sous son pelage bleu, des cloques se mirent à gonfler. Son corps se boursoufla, soufflant et tressautant. Old Blue releva sa tête difforme et poussa un faible gémissement.

Octavia appuya encore sur le bouton du starter. Le moteur du 4 × 4 ronflait, prenait de la vitesse, il allait démarrer…

Rastin quitta le porche de sa cabane et vint dans sa direction, les bras tendus. Old Blue frémit et poussa un ultime gémissement de douleur animale.

Le moteur du véhicule se mit enfin en marche. Octavia n'attendit pas une seconde pour passer les vitesses et démarrer sur les chapeaux de roues.

Derrière elle, la carcasse infectée d'Old Blue explosa en une éruption de gaz à haute puissance qui projeta des morceaux de viande et des filets de bave. L'onde de choc et la vague de vapeurs empoisonnées frappèrent le véhicule. Heureusement, la cabine du conducteur résista et seules quelques gouttes de liquide vinrent s'écraser contre les vitres et les portières.

Sous le choc, le moteur capricieux toussota et faillit rendre l'âme, mais Octavia parvint à le ranimer en le cajolant et poursuivit sa route, fuyant le logis de Rastin.

Derrière elle, le prospecteur infecté restait debout, l'air désespéré, ses membres surnaturels battant l'air, son visage humain ravagé par le chagrin que lui causait la mort de son chien.

Octavia appuya sur l'accélérateur, s'autorisant à peine un moment de relâchement, quand soudain le sol devant elle se mit à onduler, à se fendre et à bouillonner, comme s'il allait donner naissance aux créatures de ses cauchemars les plus profonds.

Deux monstres reptiliens gigantesques surgirent de la terre sèche qui se crevassait devant elle. Ils ressemblaient à d'énormes cobras avec des têtes de squelette, des crocs comme des dagues et des yeux étincelants qui exprimaient trop d'intelligence. Les créatures dont la carapace arrondie luisait à la lumière des étoiles firent un bond en arrière, puis revinrent flanquer Octavia en sifflant et brandissant leurs puissants tentacules.

Octavia slaloma avec le 4 × 4, surprise que cette vieille machine apparemment innocente réponde aussi bien à ses coups de volant. Elle passa entre les deux créatures au moment où le sol se soulevait derrière elle pour laisser surgir d'autres attaquants.

Les créatures se penchèrent en avant et lâchèrent une volée de longs piquants qui vinrent s'enfoncer à l'arrière du 4 × 4. Certains percèrent même la carrosserie métallique.

Octavia n'osa pas ralentir pour vérifier les dégâts. Une autre volée d'épines meurtrières siffla dans la nuit et vint grêler le véhicule, le transformant en une vraie pelote à épingles.

A chaque seconde, la distance qui la séparait de la raffinerie de Vespene augmentait. Elle roulait en aveugle dans la nuit, hors des collines et vers la ville lointaine, les yeux écarquillés, la gorge sèche, le cœur battant.

Elle ne réalisait même pas qu'elle était encore vivante. Elle savait seulement qu'il fallait aller le plus vite possible à Free Haven pour avertir le reste de la colonie. S'il en restait quelque chose.

20

Mordillant d'imaginaires ongles d'acier – il n'aurait sans doute pas remarqué s'il avait réellement eu du fer entre les dents –, le général Edmund Duke se tenait raide sur le siège de commande inconfortable du cuirassé *Norad III*. Il était prêt à agir, ses hommes aussi. Il leur en avait donné l'ordre.

Ils devaient enquêter sur un objet extra-terrestre et sauver de pauvres colons sans ressource. Avec un peu de chance, la mission pourrait s'avérer plus intéressante.

Il ne voulait pas galvaniser ses Marines par des discours patriotiques pour qu'ils risquent leur vie au nom d'Arcturus Mengsk. Le général lui-même n'était pas entièrement satisfait de la situation politique, mais il essayait de ne pas trop y songer. Il savait quelle carotte allait inspirer à ses soldats le désir de donner le meilleur d'eux-mêmes.

— La colonie du monde de Bekhar Ro est sur l'écran, mon général, dit le lieutenant Scott dans la station tactique. Prêt pour l'insertion orbitale.

Le général Duke acquiesça d'un signe de tête.

— J'élargis notre réseau de visionneurs, mon général,

dit le lieutenant Scott. Mieux vaut scanner à l'avance pour les positions de défense.

Duke posa un regard autoritaire sur le séduisant jeune officier et leva les sourcils.

— Je suppose que nos quinze cuirassés pourront régler sans difficulté le genre de petits problèmes qui troublent ces fermiers, lieutenant.

— Mon général ! Des vaisseaux ennemis ! cria le lieutenant en vérifiant ses données tactiques tandis que la flotte de cuirassés se posait sur Bekhar Ro.

L'écran montrait une parfaite analyse de ce qui planait loin au-dessus du monde colonisé. Les soldats à bord du *Norad III* virent les images et murmurèrent de surprise.

Duke serra les dents et se pencha en avant.

— Je savais bien que ces petits morveux nous monteraient une embuscade.

Il reconnut les Carriers Protoss à leurs cuirasses lisses et leurs fentes ellipsoïdales. Le général n'avait jamais pu savoir si la teinte décolorée des vaisseaux était voulue ou si c'était seulement le résultat de millions d'années de service dans les conditions rigoureuses de l'espace.

— Chargez les canons Yamato, ordonna-t-il. Nous allons leur sonner les cloches avant même qu'ils se rendent compte que nous sommes ici.

Le général Duke sourit et noua ses mains comme si elles serreraient la gorge pantelante d'un ennemi.

— Allez, les gars, on va botter le derrière de ces extra-terrestres ! dit-il, et son ordre fut transmis le long de tous les couloirs du cuirassé.

Les soldats crièrent si fort que l'enveloppe métallique du vaisseau vibra d'enthousiasme. L'Escadron Alpha était fait pour combattre et l'Empereur Mengsk avait gaspillé leur potentiel pendant trop longtemps avec une mission inutile. Les Marines s'ennuyaient autant que le général.

— Mon général, je ne pense pas que la flotte Protoss se contentait d'attendre l'Escadron Alpha, remarqua le lieutenant Scott. Ils ont déjà attaqué un autre adversaire.

Ils virent les Carriers Protoss lâcher des vagues d'Intercepteurs robotisés en direction d'un essaim hideux d'extra-terrestres insectoïdes, des créatures monstrueuses capables de survivre dans le vide de l'espace.

Le général Duke avait déjà vu ces êtres affreux auparavant.

— Les Zerg *et* les Protoss ! Bon sang, ils ont conclu une alliance !

A ce moment, les Intercepteurs Protoss se jetèrent sur les minions Zerg. En quelques secondes, le champ de bataille extra-terrestre se transforma en un chaos d'échanges armés et de carcasses explosées.

— Je ne crois pas que ce soit une alliance, mon général, commenta le lieutenant Scott.

— Je ne suis pas contre le fait qu'ils s'entretuent, grogna le général. Je les hais tous autant qu'ils sont.

Les Carriers Protoss continuaient à lâcher des vagues d'Intercepteurs qui repéraient et attaquaient toutes les créatures Zerg se trouvant à leur portée. Au départ, les Intercepteurs robotisés agirent comme un essaim d'insectes piquants, se concentrant sur les énormes Overlords Zerg. Parallèlement, ils se débarrassaient sans difficulté des Gardiens en forme de crabe dont les jets d'acide corrosif auraient pu être dévastateurs au sol mais qui se trouvaient sans défense dans l'espace. Les Intercepteurs se déplaçaient rapidement, frappaient, détruisaient, puis cherchaient de nouvelles cibles.

Voyant le carnage et la perte de nombreux Overlords et Gardiens, un groupe de créatures Zerg ailées connues sous le nom de Scourges attaqua directement le Carrier.

Imprudents mais déterminés, les Scourges foncèrent sur le vaisseau Protoss et explosèrent à son contact, se sacrifiant pour éliminer un vaisseau extra-terrestre ennemi.

A chaque perte des forces Protoss, le général Duke se réjouissait en silence. Depuis Chau Sara, il gardait une rancune féroce contre ceux qu'il appelait « ces bâtards d'extra-terrestres ». Lors de leur premier contact avec la race humaine, les Protoss étaient venus dans des vaisseaux géants et, sans prévenir, ils avaient tué tous les êtres vivants sur la planète colonisée par les Terrans, exterminant des millions de vies. Le général Duke lui-même n'avait réchappé que de justesse à Mar Sara, la planète sœur qui était elle aussi infectée et où il avait vu des Zerg pour la première fois. *Bien fait pour eux.*

Duke n'aimait pas les Zerg non plus. En fait, il haïssait tous les extra-terrestres par principe. Et maintenant, les Zerg et les Protoss s'entre-déchiraient dans l'espace. Il ne pouvait imaginer un spectacle plus divertissant.

Pendant que le combat extra-terrestre se poursuivait en orbite, le général Duke concentra son attention. Il attendit un moment, observant les progrès de la destruction, puis un sourire rampa sur ses lèvres.

— Attention, Escadron Alpha !

Sa voix résonna comme le tonnerre dans les quinze cuirassés.

— Stations de bataille ! On va foncer en faisant feu avec tous les canons et leur en faire voir de toutes les couleurs.

Le lieutenant Scott suivait la bataille frénétique sur son écran tactique.

— Mon général, ne ferions-nous pas mieux d'attendre, d'envoyer des éclaireurs pour recueillir certaines données tactiques avant d'attaquer ?

Le général montra l'écran d'un geste.

— Vous le voyez de vos propres yeux, lieutenant – et

je ne suis pas du genre à rester assis ici pour recueillir des informations générales quand il est temps d'agir.

Il se leva de son siège de commande inconfortable, sachant que son autorité serait plus imposante s'il se tenait debout.

— L'Empereur Arcturus Mengsk a déclaré que la planète Bekhar Ro était d'un intérêt vital pour les Terrans.

Il s'efforça de garder un visage grave, réalisant qu'aucun des Marines n'avait jamais entendu parler de cet endroit auparavant.

— Il est donc de notre devoir de protéger la colonie et toutes ses ressources contre les puissances ennemies. La présence de ces vauriens d'extra-terrestres ne peut être interprétée autrement que comme une menace pour l'Empire Terran. Nous ne les laisserons pas mettre en danger un seul grain de poussière sur cette colonie !

Le général Duke ordonna à tous ses vaisseaux d'attaquer. Guidé par le *Norad III*, l'Escadron Alpha plongea dans la mêlée.

21

Terrifiée, couverte de bleus et épuisée, Octavia n'avait pas le temps de se reposer ou d'hésiter. Free Haven était en danger, et l'adrénaline brûlait comme des éclairs laser dans ses veines.

Il était plus de minuit lorsqu'elle longea la barrière basse du village et entra dans une rue. Sonnant l'alarme, elle conduisit directement le 4 × 4 du pauvre Rastin vers la maison du maire Nikolai, au centre de la ville, et le tira d'un profond sommeil. Malgré ses yeux rougis et ses cheveux blonds ébouriffés, il se réveilla instantanément lorsque Octavia lui raconta ce qui était arrivé à Old Blue et à Rastin.

— Je ne sais pas ce que sont ces créatures, Nik, mais elles sont extra-terrestres – et elles sont à mes trousses.

— Octavia, je n'ai jamais pensé que tu avais trop d'imagination. Mais combien de fois es-tu entrée en trombe dans la ville en annonçant l'arrivée d'extra-terrestres ?

Elle le conduisit jusqu'au 4 × 4 de Rastin pour qu'il voie les douzaines de piquants empoisonnés qui hérissaient le coffre comme une pelote à épingles. Le maire ne pouvait nier la preuve qu'il voyait de ses propres yeux.

Chargeant Octavia de renseigner les gens du village, Nikolai s'excusa et passa les deux heures suivantes dans son bureau pour essayer de contacter les familles des fermes extérieures grâce au système de communication à courte distance.

Octavia tira Cyn McCarthy, Kiernan, Kirsten, Wes, Jon et Gregor de leurs lits. Elle envoya les jeunes hommes en éclaireurs dans toutes les maisons de Free Haven pour prévenir les autres colons du danger. Puis elle courut jusqu'à l'alarme de tempête et déclencha la sirène pour alerter aussi vite que possible les fermes environnantes. Tant que les éclaireurs ne les auraient pas rejoints, les fermiers ne pourraient pas savoir quelle sorte de danger les menaçait, mais c'était mieux que rien.

Lorsque les cent premiers colons furent assemblés dans la rue devant la salle de réunion, Octavia fut heureuse de constater qu'Abdel Bradshaw se trouvait déjà à l'intérieur. Sa femme, Shayna, au lieu d'argumenter et de critiquer, s'était chargée d'installer des lits de camp et de préparer du matériel médical.

— Au cas où nous aurions des blessés, expliqua-t-elle.

— Préviens-moi si tu as besoin d'aide, lui dit Octavia avec un signe d'encouragement.

Tandis que Cyn et Kirsten restaient en arrière pour aider les Bradshaw, Octavia sortit dans la rue et s'adressa aux colons encore à moitié endormis. Une foule s'était amassée autour du 4 × 4, murmurant de peur et de stupéfaction. Un garçon d'une douzaine d'années voulut s'approcher d'un des piquants qui hérissaient le véhicule, mais Octavia le retint par le bras.

— Ils sont peut-être empoisonnés !

Les autres restèrent à l'écart. Ensuite, Octavia confia

des tâches à chaque groupe de villageois présents. Elle expédia une douzaine de jeunes adolescents à la salle de réunion pour s'occuper des petits enfants. Comme ça, leurs parents pourraient s'affairer sans se faire trop de souci.

Pendant des instants qui lui parurent interminables, Octavia donna des ordres, répondit aux questions, écouta les suggestions, prit de rapides décisions et dirigea les actions tandis que les villageois rassemblaient des réserves et des armes dans le centre-ville. Elle envoya Cyn avec une équipe de travail fortifier la barrière de périmètre. Deux heures plus tard, le maire Nikolai ressortit de chez lui, l'air très perturbé.

— Avez-vous pu joindre quelqu'un ? lui demanda Octavia.

— La plupart d'entre eux, mais treize familles n'ont pas répondu.

L'estomac d'Octavia se noua. Elle avait vu ce qui était arrivé à Rastin et à son chien, infectés par la menace extra-terrestre. D'autres colons avaient-ils déjà subi le même sort ?

— Certains ont peut-être entendu la sirène d'alarme de tempête, suggéra-t-elle sans y croire vraiment.

Le maire Nikolai regarda les colons qui s'affairaient sur la place. L'aube ne viendrait pas avant une heure, mais tout le village était réveillé et animé d'une activité frénétique.

— En tout cas, je n'en vois aucun ici.

— Il faut continuer à essayer de les contacter, dit Octavia.

A ce moment, ses éclaireurs rentrèrent de leurs expéditions et coururent vers elle pour recevoir de nouvelles instructions.

— Jon, tu es doué pour la mécanique. Va à la station de communication du maire et essaye d'entrer en contact avec les familles manquantes jusqu'à ce que tu aies réussi à joindre quelqu'un. Wes, tu as de bons yeux, monte dans la tourelle d'observation. Kiernan et Gregor, allez chercher tous les gens qui sont venus avec leurs moissonneuses et réparez les brise-rochers et les lance-flammes qui ne fonctionnent pas parfaitement. Assurez-vous qu'au moins une de nos moissonneuses soit postée dans chacune des rues principales, juste derrière les huit portes du village.

Les jeunes hommes partirent chacun de leur côté en courant. Cyn McCarthy revint faire son rapport et s'adressa à la fois au maire et à Octavia.

— Nous avons consolidé la barrière de Free Haven, mais plusieurs moissonneuses sont encore occupées à creuser une tranchée autour du périmètre.

Le maire Nikolai lui fit un bref signe de tête.

— J'ai vraiment bien fait de convaincre les colons qu'il fallait se préparer.

Octavia et Cyn échangèrent un regard, mais avant qu'Octavia ait pu répondre, Wes poussa un cri dans la tourelle d'observation.

— Ils arrivent ! Des extra-terrestres ! Venez voir vous-mêmes.

Le maire Nikolai, Cyn et Octavia coururent jusqu'à la tourelle et escaladèrent l'échelle de métal rongée qui menait au poste de vigie. L'aube commençait à éclaircir l'horizon et ils purent distinguer la menace qui approchait.

A moins de deux kilomètres, une marée de créatures progressait en rampant, en sautillant et en bondissant vers le village.

Le maire déglutit convulsivement.

— C'est... c'est une véritable armée, murmura Cyn, horrifiée.

Certaines créatures étaient armées de carapaces dures

et brillantes. Les plus petites marchaient en tête comme des lézards aux yeux rouges, avec de longues queues. D'autres volaient dans les airs, ouvrant de grandes ailes en cuir comme des dragons. Chaque créature semblait avoir plus de griffes et de crocs qu'il n'en faut pour survivre.

Ces monstres avaient été créés pour une seule chose.

Au fur et à mesure que le jour se levait, les colons virent qu'un certain nombre des monstres qui s'approchaient du village étaient de forme humaine – ou, du moins, l'avaient été. Les colons étaient infectés par les créatures, exactement comme Rastin. Ils étaient tous dotés de membres supplémentaires, de tentacules, d'yeux pédonculés.

— Je crois que nous savons maintenant ce qui est arrivé aux familles manquantes, murmura Octavia, profondément navrée.

Stupéfait d'horreur, le maire Nikolai voyait l'armée infatigable se rapprocher.

— Ils sont des milliers. Comment combattre un tel ennemi ?

Octavia serra les dents.

— Il me semble que nous n'avons pas le choix.

22

Lorsque ses cuirassés plongèrent dans la bataille en orbite, le général Duke eut l'impression de jouer un coup de maître au billard.

Les forces Protoss et les minions Zerg se dispersèrent dans toutes les directions pour esquiver l'attaque soudaine et inattendue des forces Terranes. Le général Duke n'avait transmis aucun signal d'alarme, aucune sommation – il avait simplement ordonné à ses Marines d'infliger le plus de dégâts possible aux extra-terrestres.

Il poussa un cri de joie lorsque les premiers coups furent tirés.

Les canons Yamato tiraient vite, éliminant des Overlords Zerg et l'un des Carriers Protoss endommagés. Avant même que les grosses armes à énergie soient rechargées, le général Duke lança l'intégrale de sa flotte de Wraiths, qui étaient facilement manœuvrables.

Il marchait sur le pont de son vaisseau amiral, gardant un œil fixé sur les affichages tactiques, écoutant les rapports du lieutenant Scott et observant parfois la bataille par les hublots.

— Avez-vous jamais vu autant d'explosions dans

toute votre vie, lieutenant ? Eté témoin d'un pareil carnage ?

En fait, Duke savait que Scott et le reste de l'équipage d'Escadron Alpha connaissaient les atrocités de la guerre depuis qu'ils s'étaient battus contre les Zerg pour défendre Mar Sara. Mais cela ne diminuait en rien son enthousiasme.

Il se tourna vers l'officier des communications.

— Entrez en contact avec les colons de Bekhar Ro. Il nous faut un compte rendu de la situation là-bas. Je ne crois pas que cela puisse être pire qu'ici, dans l'espace, mais je dois organiser mes priorités militaires.

— Bien, mon général.

L'officier des communications se pencha sur sa console et chercha un canal pour communiquer avec les colons de Bekhar Ro.

Les Wraiths partis de la flotte Terrane branchèrent leur dispositif de camouflage avant d'attaquer un groupe de Scouts Protoss visibles. La force de frappe des vaisseaux extra-terrestres était supérieure dans les airs, l'Escadron Alpha le savait depuis leurs précédentes batailles au cours de la guerre qui venait de se terminer, mais les Scouts étaient manifestement désavantagés face à un ennemi invisible.

Les Wraiths les bombardèrent, causant beaucoup de dommages et éliminant une poignée de vaisseaux avec leurs Missiles Gemini. Après la lourde fusillade des armes Terranes, les Scouts Protoss reculèrent et passèrent sans s'en rendre compte à côté d'un groupe de Mutalisks semblables à des dragons, qui achevèrent le massacre par une tactique que Duke avait baptisée « Glave Wurm » : crachant des vagues de symbiotes qui détruisaient tout ce qu'ils touchaient. Les Scouts Protoss étaient ruinés.

Leur travail accompli, les Wraiths s'éloignèrent pour attaquer d'autres cibles extra-terrestres.

Du pont du *Norad III*, le général Duke leva le poing en criant à la victoire. Les officiers qui travaillaient sur le pont applaudirent.

— Notre canon Yamato est rechargé et prêt à tirer, mon général, dit le lieutenant Scott.

Il glissa un écouteur dans son oreille et murmura quelques mots, puis se retourna vers le général.

— Le cuirassé *Napoléon* dit que leur Yamato est également prêt à faire feu.

— Bien. Qu'ils visent tous les deux le même Carrier Protoss, ordonna le général.

Il observa les nombreuses cibles affichées sur l'écran tactique. Faisant danser ses doigts dans l'air, il murmura « Am Stram Gram, Pic et Pic et Colegram » et pointa l'index en avant.

— Celui-là.

— Bien, mon général, dit le lieutenant Scott.

Il ouvrit un lien avec le *Napoléon*. A son signal, les deux vaisseaux de guerre Terrans déchargèrent leurs puissants canons, dans lesquels d'intenses champs magnétiques concentraient une petite explosion nucléaire en un rayon d'énergie. Le rayon traversa les boucliers Protoss et, en quelques secondes, la carrosserie du Carrier céda et le vaisseau extra-terrestre géant explosa.

Le général Duke laissa échapper un nouveau cri de joie.

— On ne croirait pas que ces machins peuvent exploser en autant de morceaux différents !

Puis il vit les Wraiths éliminer quatre autres Scouts Protoss et se frotta les mains de satisfaction en jetant un coup d'œil à son équipage sur le pont.

— J'ai bien l'impression que notre victoire est assurée, messieurs.

Le lieutenant Scott fronça les sourcils.

— Vous avez peut-être parlé trop vite, mon général.

Deux Arbiters Protoss s'avançaient vers la troupe des quinze cuirassés du général Duke. Celui-ci les regarda avec un air de défi.

— Et qu'est-ce qu'ils espèrent ? Ordonnez à la flotte de se déplacer. Approchez-vous avec le *Napoléon*, le *Bismarck* et une escouade de huit Wraiths pour régler ce désordre.

Mais alors que les deux cuirassés se détachaient du reste d'Escadron Alpha, les ténèbres de l'espace frémirent soudain. Les Arbiters venaient de projeter un champ de stase, une couverture d'énergie qui se déplia pour capturer les deux cuirassés et trois des huit Wraiths. Tant qu'ils resteraient pris dans le champ, le *Napoléon* et le *Bismarck* ne pourraient plus être attaqués, mais ils n'étaient plus libres de leurs mouvements.

Une fois le champ de stase en place, les cinq Carriers Protoss et huit Scouts – tous camouflés par l'Arbiter – s'avancèrent pour attaquer les Wraiths, désormais exposés, comme des frelons en colère sortis d'un nid dans lequel un enfant imprudent a donné un coup de bâton.

Les pilotes des Wraiths voulurent se camoufler, mais ils demeurèrent vulnérables lorsqu'un Observateur Protoss les priva à nouveau de leur invisibilité. Les pilotes humains n'avaient pas le choix : ils durent tirer tous leurs Missiles Gemini en une ultime tentative pour repousser les attaquants extra-terrestres, mais des Intercepteurs Protoss intervinrent pour défendre leurs vaisseaux. Sans merci, la flotte extra-terrestre détruisit les cinq Wraiths et se remit en position, prête à ouvrir le feu dès que le champ de stase serait levé…

Les commandants du *Napoléon* et du *Bismarck* hurlèrent à la trahison et chargèrent leurs armes. Une fois le champ de stase levé, quarante Intercepteurs robotisés supplémentaires jaillirent des Carriers et vinrent s'enfoncer comme des plombs dans les deux cuirassés isolés. En temps normal, les Intercepteurs n'auraient été qu'une nuisance de second ordre, mais en aussi grand nombre, ils infligeaient des dégâts sérieux.

Alors, avant que le général Duke ait pu aller à la défense de ses vaisseaux, les Zerg attaquèrent l'Escadron Alpha par le flanc, sans pour autant abandonner leur offensive contre les Protoss. Volant à travers l'espace, les hideuses créatures vivantes fondirent sur les vaisseaux Terrans.

Des escadrons additionnels de Wraiths se rassemblèrent autour des vaisseaux du général Duke, changeant de tactique pour faire face à ce nouveau péril, mais les Mutalisks Zerg volantes attaquèrent insidieusement avec plusieurs « Glave Wurm ». Un Glave Wurm frappa un Wraith, pénétrant dans ses systèmes, et ricocha contre un autre combattant solitaire, causant à la fois une perte directe et des dommages collatéraux.

Le commandant de l'escadron des Wraiths réagit immédiatement en se camouflant. Lorsque ses vaisseaux eurent disparu, ils furent en mesure d'esquiver l'attaque et de riposter contre les Mutalisks. Une reine Zerg et des essaims de petits Scourges autodestructeurs se détachèrent de la bataille principale contre les Protoss et s'éparpillèrent dans l'espace à la poursuite du reste de l'escadron Wraith camouflé.

Duke était fier de voir ses propres combattants solitaires continuer à détruire les Zerg, causant de terribles dégâts. L'espace ténébreux était rempli de débris de carapaces et de bave extra-terrestre gelée instantanément.

— Mon général, les Overlords Zerg nous rattrapent, dit le lieutenant Scott.

— Nous savons qu'ils peuvent annihiler nos champs

de camouflage. Ils vont mettre tous nos Wraiths à découvert. Devrions-nous les rappeler maintenant ?

Le général Duke jura.

— Pas pour tout l'or du monde, lieutenant. Regardez un peu les dégâts que nous infligeons à l'ennemi.

Pendant ce temps, le barrage d'Intercepteurs Protoss était parvenu à handicaper le *Bismarck*, et le cuirassé *Napoléon* n'avait pas assez de force pour se mettre à l'abri. Lorsque les Overlords se rapprochèrent de l'escadron Wraith invisible, ils éliminèrent le champ de camouflage des rapides combattants Terrans, si bien qu'une reine Zerg put s'approcher et choisir une cible. Se mettant en position, elle lança un large réseau de matière gluante verdâtre qui se déploya rapidement. L'épaisse résine alla s'écraser contre les bouches d'alimentation en ions des Wraiths, ralentissant de manière dramatique leurs capacités de contrôle, saturant leurs détecteurs et bloquant leurs armes. Des Mutalisks semblables à des dragons redoublèrent alors d'agressivité.

Puis des hordes de Scourges, petits mais suicidaires, entrèrent dans la bataille. Les minuscules bêtes Zerg étaient comme des boulets de canon vivants, des bombes pensantes qui choisissaient leurs cibles et s'écrasaient contre les vaisseaux en explosant, éliminant les Wraiths les uns après les autres.

— Général ! cria le lieutenant Scott.

Duke ne pouvait ignorer plus longtemps qu'il fallait réagir.

— Dites à la flotte de se replier ! dit-il. Nous devons nous regrouper.

Anticipant l'ordre – ou peut-être priant pour l'obtenir –, le lieutenant Scott communiqua les instructions avant que le général Duke ait fini de parler. Aucun membre de l'équipage ne se serait permis de critiquer la bévue du général Duke, même s'ils devaient tous penser la même chose.

Avec le *Bismarck* mort dans l'espace et le *Napoléon* cherchant à se replier mais en proie à des attaques continuelles, le général Duke réunit ce qui restait de l'Escadron Alpha.

— Envoyez un Science Vessel scanner le groupe principal de vaisseaux Protoss. Je veux savoir combien ils sont, combien se cachent là-bas comme des araignées dans un tas de bois.

Deux Science Vessels s'éloignèrent, utilisant leur arme distinctive, un courant électromagnétique qui ondulait dans l'espace et balayait le champ de bataille comme une lame de fond. Les EMP privèrent tous les vaisseaux Protoss de leurs boucliers d'énergie, les laissant vulnérables – sinon aux armes de l'Escadron Alpha, du moins aux coups des Zerg.

Le général Duke déglutit avec difficulté et songea à sa protection personnelle, car son vaisseau amiral était en train de se faire bombarder.

— Je veux qu'un autre Science Vessel déploie une matrice de défense au-dessus du *Norad III*. Protégez-nous !

Il réalisa aussitôt qu'il venait de commettre une erreur.

— Euh... et la matrice devra aussi protéger tous les autres cuirassés alentour, bien sûr. Nous devons protéger nos hommes. Tous nos hommes. Nous devons rester en vie, même si cela signifie reculer, ajouta-t-il, mais ces mots lui restèrent dans la gorge comme un morceau de citron pourri.

Il enrageait, les yeux fixés sur l'écran tactique, réalisant que la bataille allait être plus rude qu'il n'avait escompté.

23

Les préparatifs désespérés des colons ne furent pas terminés trop tôt. Les monstres extra-terrestres attaquèrent à l'aube.

Octavia se tenait derrière la barrière, près des bâtiments préfabriqués métalliques sur le périmètre de Free Haven. Elle était épuisée. Ses yeux la démangeaient. Elle n'avait pas dormi depuis des jours, mais il était hors de question de se reposer maintenant.

Ils seraient peut-être tous morts dans quelques heures.

Une moissonneuse bloquait chaque entrée du village. Deux des machines utilisées pour écraser les rochers dans les mines pourraient servir de tanks de fortune, si la situation devenait désespérée.

Mais lorsqu'elle vit les Zerg approcher dans les premiers rayons du soleil, lorsqu'elle entendit le grondement de la horde et distingua les nuages de poussière qui se levaient sur leurs pas dans les plaines agricoles, Octavia comprit que la situation était vraiment désespérée.

A côté d'elle, le maire Nikolai recula d'un pas.

— Mon Dieu !

Les colons avaient distribué leurs stocks d'armes personnelles, de petites catapultes, des pistolets électriques, des fusils de chasse rarement utilisés. Quelques-uns portaient des outils de ferme — de grandes faux et des outils de désherbage pointus. Un fermier aux muscles solides pouvait s'en servir aussi efficacement qu'un soldat d'une épée.

Haletants, les autres colons serraient leurs armes comme si elles étaient des bouées de sauvetage. Même si Octavia avait sonné elle-même l'alarme des extra-terrestres, la menace de cet essaim était beaucoup plus grande qu'elle n'avait imaginé. Les monstrueuses créatures semblaient être en nombre illimité.

— La barrière de périmètre est notre première ligne de défense ! cria-t-elle.

Les colons n'avaient aucune expérience militaire, mais elle savait qu'ils devaient stopper la première vague d'assaillants, sinon tout serait perdu.

— Nous devons les empêcher d'entrer dans la ville. Ne vous cramponnez pas à vos armes. Si nos rangs se défont et que nous nous éparpillons, nous finirons par devoir nous battre isolément. Et ils nous cueilleront tous l'un après l'autre.

Sans lui prêter attention, deux colons firent mine d'aller se mettre à l'abri dans leur maison.

— Restez et combattez ! cria Octavia à la ronde.

Le maire Nikolai murmura quelque chose au sujet des enfants dont il devait s'occuper, mais Octavia le retint par le bras.

Les premiers rangs d'éclaireurs extra-terrestres atteignirent le périmètre de la colonie. De la taille d'un chien environ, ils avaient l'air de gros lézards aux yeux rouges, avec des griffes tranchantes et des bras multiples. Formant une vague massive, ils couraient en provoquant un tonnerre de piétinements, comme des crabes géants affamés.

Les premiers coups de feu des colons retentirent,

beaucoup de balles allant se perdre parce que les armes étaient mal dirigées. Mais à cause du grand nombre d'éclaireurs extra-terrestres, la plupart des coups de feu firent mouche. Les autres éclaireurs extra-terrestres piétinèrent leurs compagnons tombés à terre, les déchirant en morceaux avec leurs membres-rasoirs, ignorant leurs râles d'agonie. On aurait dit une vague interminable de mort hideuse.

Octavia sentit le désespoir l'envahir. Quelle chance avaient-ils ? Elle avait pris chez elle une carabine à plomb et tirait coup sur coup. Au début, elle trouva une amère fierté à voir tomber les créatures qu'elle massacrait, mais bientôt elle n'eut plus même le temps de remarquer. Elle fit feu jusqu'à ce que son stock de munitions soit épuisé. D'autres colons se trouvaient aussi à court de munitions pour leurs diverses armes.

La première vague de petits extra-terrestres attaqua, franchissant la barrière et levant leurs griffes-faux pour dépecer et déchirer. Les colons hurlaient. Octavia vit plusieurs personnes tomber en amas sanglants de chairs démantelées. Et ce n'était que le commencement.

Kiernan et Kirsten Warner – lui, un jeune maçon, elle, un professeur et ingénieur amateur – combattaient côte à côte avec les ustensiles que Kiernan utilisait pour travailler le granit. Il balança un long outil de gauche à droite, hachant les membres tranchants des créatures, fendant leur cuir épais et laissant une pile de cadavres extra-terrestres autour de lui. Kirsten luttait tout aussi farouchement, comme si elle ne voulait pas rester à la traîne derrière le nombre de victimes que faisait Kiernan.

Le maire Nikolai se tourna et décampa. Octavia lui cria de revenir, mais, en vrai politicien, il avait une excuse pour cette retraite hâtive :

— Je dois envoyer un appel urgent à la flotte

Terrane ! Ils devraient être arrivés, à l'heure qu'il est. Je dois les prévenir de ce qui se passe ici.

Sans attendre de réponse, le maire Nikolai alla se barricader dans la tourelle de communication.

Octavia n'avait pas le temps de s'en occuper. Elle jeta sa carabine à plomb vide et inutile sur l'extra-terrestre en forme de lézard le plus proche, avec tellement de force qu'elle lui ouvrit la tête. De la matière gluante en jaillit, mais cela ne parut pas déranger la créature.

Désormais sans arme, Octavia demeura immobile une fraction de seconde, songeant à la vieille tourelle à missiles, le monument décoratif qui leur avait fait la surprise de se réveiller pour tirer sur l'Observateur dans le ciel. Même si ses systèmes automatiques n'étaient plus en fonctionnement, la tourelle contenait encore quelques missiles intacts. Assez d'explosifs pour causer des dégâts.

A l'origine, la tourelle à missiles avait été conçue pour viser des cibles aériennes, mais elle ne fonctionnait plus comme avant. Octavia pourrait peut-être lancer les missiles manuellement.

Elle n'avait besoin que d'une minute. C'était tout le temps dont elle disposait.

Elle se précipita vers le centre de la ville, un lieu qui avait naguère été paisible, l'endroit de Bekhar Ro qu'on pouvait le mieux comparer à un parc. Derrière elle, les colons terrifiés étaient contraints de reculer, leurs rangées se dispersaient sous les attaques des hordes extraterrestres assoiffées de sang. Les armes de fortune commençaient à faiblir, mais Octavia se concentrait uniquement sur la tourelle à missiles.

Elle et Jon avaient réussi à réparer les parties mécaniques du canon, mais le dispositif électronique était totalement irrécupérable. Heureusement, il commandait essentiellement les lentilles et le système automatique de ciblage. Octavia escalada l'échelle de métal rouillée et ouvrit le panneau d'accès.

Tout ce dont elle avait besoin, c'était de trouver les contrôles de tir.

S'aidant des jambes et des épaules, elle poussa vers le haut pour orienter le lanceur de missile vers le bas et le fit glisser brutalement en direction des troupes extra-terrestres qui approchaient. Il n'y avait que deux missiles et elle ignorait combien de dégâts chacun pouvait causer.

Elle trouva les contrôles de la détente et fit de son mieux pour évaluer du regard une trajectoire, pointant le premier des petits missiles anti-aériens en plein sur les monstres bavants. Ça ferait du bien de les voir exploser.

Fermant un œil, elle murmura une brève prière et lança le premier missile. Le projectile rempli d'explosif vrombit en partant comme une fusée, sifflant et tournant sur lui-même. D'abord, elle crut que le coup allait rater, puis elle vit le missile plonger dans le groupe d'éclaireurs extra-terrestres. Des éclairs de feu, de la fumée et des morceaux de monstres démantelés volèrent dans toutes les directions, envoyant les créatures tournoyer comme un nid de fourmis furieuses.

Surprise par le résultat, Octavia ne songea pas à attendre. Elle orienta la tourelle à missiles légèrement sur la gauche, où les créatures extra-terrestres en forme de lézards se regroupaient, et lâcha le second – et dernier – missile. Elle observa la nouvelle explosion avec enthousiasme. A elle seule, elle avait supprimé des centaines d'attaquants !

Malheureusement, l'armée d'envahisseurs avait encore des centaines de créatures féroces en réserve.

Tandis que la poussière et la fumée se dissipaient, un bref silence régna pendant quelques secondes sur le champ de bataille. Plusieurs colons poussèrent des cris de joie. D'autres hurlaient de douleur. L'essaim d'extra-terrestres meurtriers se regroupa avec des sifflements et des bourdonnements.

Alors, Octavia vit ce qu'elle craignait le plus surgir de la scène du carnage – des formes chancelantes, partiellement humaines, mais tordues et difformes. Leurs corps avaient été humains. Les fermiers avaient été forts ; les femmes avaient été belles, à leur manière. Mais maintenant, ces colons infectés étaient entièrement sous le contrôle des envahisseurs extra-terrestres.

Ils avançaient en une masse de tentacules, de griffes sifflantes et de dards hideux d'où coulait du venin. Ils ressemblaient à des poupées qu'un fou aurait construites à partir de morceaux disparates sur ce qui avait été auparavant des formes humaines parfaitement normales.

Plusieurs défenseurs sur la ligne de front fléchirent en voyant arriver les colons infectés.

— C'est Ghandi et Liberty Ryan ! Et voilà Brutus Jensen.

Octavia reconnut ces personnes avec un hoquet de révulsion. Les colons avaient été ses voisins. Ils avaient tous travaillé dur pour planter et entretenir leurs champs. Brutus Jensen avait été un ouvrier particulièrement courageux.

Les colons infectés avançaient. Mal à l'aise, les défenseurs de Free Haven n'osaient pas tirer sur des gens qui avaient été leurs amis.

Mais maintenant, ils étaient tous des monstres. Des ennemis. Exactement comme le prospecteur Rastin.

Lorsque Octavia vit leur peau commencer à se recroqueviller, leur corps bouillir, leur visage et leur estomac enfler et éclater, elle se souvint de ce qui était arrivé à Old Blue – une explosion de gaz toxiques.

— Eloignez-vous d'eux ! hurla-t-elle en courant vers le périmètre. Ne les laissez pas s'approcher de vous !

Mais elle était trop loin. Certains colons l'entendirent

et se retournèrent pour regarder, pendant que d'autres étaient trop glacés par l'horreur pour écouter.

Octavia se jeta à terre instinctivement en voyant les colons infectés s'approcher autant qu'ils pouvaient avant que leurs corps explosent comme des bombes biologiques pleines de vapeurs empoisonnées et de produits chimiques.

La violente éruption des Ryan et du pauvre Brutus Jensen coucha la ligne de front des défenseurs de Bekhar Ro. Trois colons furent tués instantanément. Trente mètres de barrière et deux bâtiments entiers du périmètre furent renversés par l'onde de choc. D'autres défenseurs qui se trouvaient trop près tombèrent en roulant sur le sol, haletant et hoquetant, crachant du sang tandis que le poison se frayait un chemin dans leur organisme pour causer une mort rapide mais horriblement douloureuse.

Beaucoup d'éclaireurs extra-terrestres qui se trouvaient à proximité furent également supprimés, mais Octavia avait remarqué que l'armée d'envahisseurs considérait chaque créature individuelle comme sacrifiable.

Elle sauta sur ses pieds et vit une nouvelle vague de monstres approcher, puis tourna son regard vers les portes scellées de la tourelle de communication où le maire Nikolai s'était barricadé. Elle pria pour qu'il ait réussi à contacter la flotte Terrane.

Si les secours militaires n'arrivaient pas immédiatement, il n'y aurait bientôt plus de colons à sauver.

24

Dans la base de campement Protoss à l'ombre du magnifique objet Xel'Naga, l'Exécuteur Koronis se tenait près de l'aile recourbée d'un grand Arbiter. En une rafale de signaux télépathiques, il cherchait à suivre la bataille complexe qui se déroulait contre les forces ennemies en orbite. Il restait en contact avec le Templar Mess'Ta à bord de son vaisseau amiral, qui lui transmettait des rapports tactiques.

Koronis parla dans le canal télépathique pour s'adresser à l'ensemble de la flotte, sachant qu'aucun de ses ennemis ne pouvait l'entendre ni comprendre la puissante transmission mentale.

— Montrez-vous impitoyables envers ces ennemis des Premiers Nés. Vous devez protéger ce grand trésor pour la race Protoss. De notre succès sur cette planète dépend notre retour sur Aiur : un triomphe ou un triple échec.

— Nous savons tous ce qui est en jeu, Exécuteur. Nous ne faillirons pas. Notre résolution ne faiblira pas un seul instant, répondit Mess'Ta.

Koronis mit fin à la transmission, persuadé qu'il ne pouvait laisser le *Qel'Ha* entre de meilleures mains, à moins d'être lui-même en orbite. Mais il avait un autre problème à régler ici.

Flanqué de quatre autres Judicateurs, le Judicateur Amdor se tenait au pied de la chose, levant haut ses mains à trois doigts et sortant ses griffes. Ils étaient regroupés, chantaient mentalement, sentaient les vibrations du Khala tout en essayant de détecter des nuances venant de la chose lumineuse.

Koronis fit un pas vers eux, les observant. Avant d'être promu Exécuteur, il avait été un grand Templar, doué de nombreux pouvoirs télépathiques. Il pouvait sentir les émanations de la chose exposée, mais sans réussir à déterminer leur origine, sans comprendre si c'était un message ou un avertissement.

Amdor se tourna vers l'Exécuteur et indiqua les aiguilles argentées des grandes formations cristallines qui se dressaient comme des flocons de neige brisés parmi les éboulis de l'avalanche.

— Voyez ces cristaux Khaydarin ! A eux seuls, ils sont assez précieux pour satisfaire tout le Conclave.

— Ces cristaux, Judicateur, sont la marque des Xel'Naga. Leur présence suffit à prouver que cet objet est beaucoup plus précieux que ce que nous pensions au départ.

Amdor jubilait de satisfaction et de plaisir.

— Nous devons explorer, Exécuteur. Entrons immédiatement.

Mais Koronis avait d'autres plans.

— J'ai ordonné à un groupe de Dragons de se préparer.

Amdor parut frustré, mais inclina sa tête grise. Malgré ses ambitions personnelles, le Judicateur ne pouvait s'opposer à une précaution aussi sage.

Koronis se tourna et transmit un signal à l'Arbiter le plus proche. Les ailes du grand vaisseau s'ouvrirent, et quatre Dragons descendirent la rampe avec des mouvements pesants et bruyants qui s'assouplirent au fur et à mesure que les guerriers cyborgs s'exerçaient.

Enfermés dans des corps sphériques, les Dragons se déplaçaient sur quatre grandes jambes semblables à des pattes d'araignée. Il s'agissait de guerriers Protoss vétérans qui avaient été rendus invalides ou mortellement blessés au combat. Plutôt que de mourir au service du Khala, ils avaient choisi de léguer leurs organes pour que ceux-ci soient transplantés dans des exosquelettes mécaniques.

Les marcheurs s'avançaient dans leurs corps blindés. Les cerveaux des volontaires invalides concentraient leurs énergies grâce au Khala afin de contrôler les mouvements des membres des Dragons. Leurs jambes articulées leur permettaient d'évoluer rapidement sur le terrain encombré et d'escalader les rochers plus facilement que les Judicateurs, gênés par leurs robes.

Pendant la longue recherche infructueuse du *Qel'Ha*, ces Dragons avaient attendu, inactifs, craignant de ne jamais avoir l'occasion de participer à la mission. Leur plus grand souci était de s'être sacrifiés en vain pour devenir des mécaniques vivantes.

Maintenant, les Dragons avaient quelque chose à faire.

Les premiers explorateurs Protoss à pénétrer dans la chose Xel'Naga grimpèrent la pente avec difficulté jusqu'à l'entrée des tunnels. Koronis et Amdor se tenaient l'un à côté de l'autre et observèrent les valeureux Dragons s'introduire dans le mystérieux labyrinthe.

25

La bataille pour Free Haven continuait sans la moindre lueur d'espoir pour les colons en lutte. Octavia n'avait pas le temps de réfléchir à l'avance sur ce qu'elle allait faire ni de se soucier de l'avenir – seulement survivre pour le moment, et tuer autant de Zerg que possible.

Mais les voraces envahisseurs extra-terrestres n'avaient pas besoin de se reposer.

Certains colons se battaient avec les mains, avec des outils de jardinage, dans une tentative désespérée pour endiguer la vague de créatures monstrueuses. Octavia n'avait plus de missiles à tirer et pas d'armes de poing. Elle se précipita vers la moissonneuse la plus proche, un gros véhicule que le maire Nikolai gardait pour son usage personnel. Elle savait que celui-ci n'entretenait pas sa machine aussi bien que Lars et elle avaient entretenu leur propre véhicule, mais la moissonneuse pourrait malgré tout causer beaucoup de dégâts.

Elle bondit sur les chenilles, puis sur le marchepied métallique, se jeta dans le gros véhicule et mit le moteur en marche. Un nuage de Vespene sortit en toussotant du pot d'échappement sur le toit de la cabine, comme de la fumée des narines d'un dragon.

Sur la place de la ville, désormais devenue un terrain de chasse pour les Zerglings qui avaient percé la première ligne de défense des colons, elle vit le maçon Kiernan Warner et sa femme Kirsten sauter dans l'une des machines lourdes et lentes qui servaient dans les mines. Ils s'enfermèrent à clef dans le véhicule blindé et commencèrent à avancer.

Octavia trouva les commandes de la moissonneuse, écarta d'une chiquenaude les bibelots que le maire avait laissé traîner sur le siège du conducteur et démarra aussitôt. Serrant les dents, elle appuya sur l'accélérateur, prête à affronter la nouvelle vague de Zerg. Derrière les petits attaquants rampants, elle vit des monstres plus grands, en particulier neuf créatures serpentines bossues semblables à celles qui avaient lâché une volée de piquants sur le petit 4 × 4 alors qu'Octavia fuyait la maison de Rastin. Des Hydralisks.

Les mâchoires armées de crocs des monstres se fendaient jusqu'à leurs oreilles rabougries en cuir, et leurs yeux noirs sans âme fixaient Octavia, surpris par ce nouvel adversaire mécanique.

Avant même qu'Octavia soit assez près pour faire feu à l'aide du brise-rocher, la première Hydralisk voûta son échine dure et bossue et décocha une volée de projectiles piquants qui vinrent cogner et ricocher contre l'épaisse carrosserie de la moissonneuse. Octavia tressaillit lorsque l'un d'entre eux heurta le pare-brise, y laissant un flocon de neige de verre brisé. Elle poussa le moteur grondant au maximum et fonça sur le premier monstre Zerg qui s'apprêtait à tirer de nouveau.

La créature était puissante et armée de nombreux projectiles acérés, mais elle n'était pas de taille face à la masse en mouvement de la moissonneuse géante. Elle essaya de saisir la moissonneuse entre ses bras griffus pour la renverser à terre, mais Octavia roula droit dessus et l'écrasa sous ses grosses chenilles.

Ensuite, deux autres Hydralisks l'attaquèrent de deux côtés différents, arrosant chacune le véhicule d'une volée de piquants. Octavia entendit le bruit sourd des projectiles cognant contre les parois de métal, égratignant et déchirant la carrosserie. Certains passèrent à travers en laissant des trous, mais Octavia ne broncha pas.

Au contraire, elle activa le puissant bras articulé qui portait un énorme panier roulant muni de lames aiguisées et servait normalement à faucher les champs de tritical. Le bras articulé tomba comme une tapette à mouches sur l'une des Hydralisks hérissées de piquants et la découpa en mille morceaux. Des gouttes de matière visqueuse et de sang éclaboussèrent le pare-brise de la machine.

Enivrée par son succès, Octavia balança le bras articulé vers la gauche et fonça sur la troisième Hydralisk, qui recula en titubant comme si elle pressentait le danger. Octavia l'écrasa et roula plus loin en voyant que trois autres monstres se regroupaient pour l'arrêter.

Octavia ferma les yeux et poursuivit sa route. Elle ne savait pas si les lames ronflantes du bras de la moissonneuse ou les lourdes chenilles suffiraient à détruire cette nouvelle fournée d'Hydralisks – mais lorsque la moissonneuse passa dessus dans un vacarme, elle vit qu'elle les avait tuées toutes les trois. Leurs quelques membres et organes intacts palpitaient encore sur le sol défoncé.

Kiernan Warner avait conduit sa machine de mineur assez près de la barrière de périmètre pour creuser dans le sol rocheux. Sa catapulte saisissait de grosses pierres et les projetait comme des boulets de canon sur les forces Zerg.

Des dizaines de Zerglings frénétiques furent pulvérisés en un nuage de sang. Les rochers propulsés par la catapulte atteignirent aussi deux Hydralisks et parvinrent à percer leur dure carapace. Dans ses râles d'agonie, une des féroces créatures lâcha une volée de piquants empoisonnés dans toutes les directions. Quelques-uns vinrent frapper le pesant véhicule de mine, d'autres volèrent comme des flèches dans le ciel, tandis que le reste massacraient d'autres ennemis extra-terrestres qui se précipitaient dans la brèche.

Stupéfaits de ce soudain revirement de situation et de la véhémence de la défense des colons, les assaillants hésitèrent. Octavia vit les créatures reculer, leur nombre avait beaucoup diminué.

Mais bientôt les Zerg contournèrent le périmètre octogonal de Free Haven et s'amassèrent au nord-est, prêts pour une invasion définitive de la ville.

— Ils essayent de percer vers le dépôt de fuel ! murmura Octavia pour elle-même en tournant la tête vers la zone industrielle où les colons emmagasinaient leurs réservoirs de gaz Vespene raffiné.

Free Haven conservait toujours un stock de fuel – « en cas d'urgence », disait le maire Nikolai, mais Octavia était plus ou moins convaincue que les colons faisaient de larges réserves de Vespene volatil pour éviter d'avoir trop souvent affaire au vieux Rastin.

Elle sentit son cœur se serrer en pensant au prospecteur qui avait été l'une des premières victimes de l'essaim Zerg. Qui sait ? Le Vespene qu'il avait pris tant de peine à raffiner aiderait peut-être aujourd'hui à défendre Bekhar Ro.

Octavia utilisa le lance-flammes installé à l'avant de la moissonneuse pour éliminer les Zerglings les plus proches. Le lance-flammes incorporé servait normalement à défricher des forêts denses dans le but de fournir de nouvelles terres arables. Aujourd'hui, Octavia s'en servait pour incinérer une armée d'ennemis.

Une des Hydralisks se tourna d'un air provocant pour lui faire face et se redressa en sifflant, mais Octavia l'incinéra avec une boule de feu en plein dans son horrible gueule.

Les chenilles de la moissonneuse cliquetaient sur le sol irrégulier tandis qu'Octavia se frayait un chemin vers le dépôt de fuel. L'armée extra-terrestre avait-elle deviné que c'était un point faible dans les défenses de la ville ou voulait-elle simplement s'accaparer le Vespene ? Les monstres se regroupèrent près du dépôt et avancèrent ensemble. Les Zerg franchirent les barrières affaiblies de la ville comme s'il s'était agi d'une simple clôture et s'entassèrent dans la zone ouverte où étaient entreposés les tanks de Vespene.

Octavia savait qu'il ne lui faudrait que quelques secondes, et elle devait agir immédiatement, sinon son plan serait ruiné. Elle bloqua les chenilles de la moissonneuse et poussa la longue colonne de feu de son lance-flammes au maximum pour essayer de couvrir tout le dépôt de fuel. Des dizaines de Zerglings se recroquevillèrent en cendres. Deux Hydralisks avancèrent dans les flammes en se brûlant la peau, mais elles n'eurent pas l'air de sentir la douleur.

La cible d'Octavia, cependant, n'était pas ces monstres hideux.

Après quelques secondes affreuses pendant lesquelles elle crut que la chaleur ne suffirait pas, le premier entrepôt le plus proche atteignit enfin une température critique. Le fuel Vespene explosa en une boule de feu qui fit s'effondrer le hangar voisin. Celui-ci prit feu à son tour et souffla le troisième, comme en un jeu de dominos incandescents.

L'énorme explosion se propagea par vagues excentriques, brûlant en un éclair toutes les forces Zerg réunies à l'intérieur du dépôt de fuel et couchant à terre ceux qui se trouvaient autour. L'explosion continua à grossir, et Octavia se cramponna à son siège tandis que la moissonneuse tressautait et ruait.

Quand la fumée et les flammes s'estompèrent, elle s'aperçut avec stupéfaction que le plus gros de l'essaim Zerg avait été anéanti par les terribles explosions et les efforts continus des autres colons. Le reste des troupes Zerg recula sur les côtés, soit par peur, soit parce qu'ils avaient le sentiment de perdre la bataille.

Abasourdie, Octavia descendit de la moissonneuse. Les colons survivants émergeaient de leurs cachettes, certains pâles et commotionnés, d'autres couverts de sang – du sang humain rouge et du sang extra-terrestre verdâtre et acide.

Kiernan et Kirsten sortirent en titubant de leur machine minière, bouche bée, l'air hébété. Personne ne semblait croire que le combat était gagné, qu'ils avaient repoussé les implacables envahisseurs extra-terrestres.

Le maire Nikolai émergea de sa tourelle de communication où il s'était mis à l'abri, souriant triomphalement comme un héros conquérant.

— J'ai réussi ! Bonnes nouvelles ! Je suis entré en contact avec les forces Terranes. Leurs militaires seront bientôt ici.

Certains colons grognèrent, d'autres poussèrent des exclamations de joie. Octavia était trop faible pour se plaindre des actions du maire. Elle s'appuya contre les chenilles sales de la moissonneuse, respira plusieurs fois profondément, puis ouvrit les yeux avec horreur en entendant un nouveau piétinement accompagné de sifflements, beaucoup plus fort que celui qu'ils avaient entendu à l'aube.

La troisième vague de Zerg, la plus grande, marchait

dans la plaine – et il n'y avait pas seulement des petites créatures en éclaireurs et quelques Hydralisks, mais des monstres gigantesques, versions cauchemardesques de mammouths préhistoriques velus, munis d'énormes défenses tranchantes comme des faux, qui paraissaient pouvoir fendre un immeuble en deux.

Dans le ciel, une nuée de créatures tordues comme des dragons planait, poussée par les vents, en direction de la colonie. Des dizaines et des dizaines d'Hydralisks ondulaient au premier rang. Ils revenaient à l'attaque. En plus, Octavia vit de nombreux autres minions, des races hybrides, des mutations horribles, et tous avaient l'air mortellement dangereux, impatients d'anéantir les colons Terrans.

Octavia baissa les bras. Ils ne parviendraient jamais à arrêter cette nouvelle vague.

26

En orbite au-dessus de Bekhar Ro, les vaisseaux de l'Escadron Alpha continuaient à être battus et bombardés frénétiquement par les flottes spatiales Protoss et Zerg.

Le général Edmund Duke marchait en long et en large sur le pont de contrôle.

— Eh bien, messieurs, on dirait qu'il nous faut quitter ce petit terrain de jeu, dit-il en lisant le message que l'officier des communications venait de lui remettre.

— Les colons ont besoin de notre aide, nous devons donc atterrir immédiatement et prendre en charge cette tempête de feu.

Le lieutenant Scott regarda la carcasse en flammes de ce qui avait été le *Bismarck* et vit le cuirassé *Napoléon* endommagé qui cherchait à échapper aux forces extraterrestres s'acharnant sur lui.

— Est-ce vraiment sage du point de vue tactique, mon général ? Nos forces sont en difficulté, ici.

Duke fit la grimace et tourna son visage taillé à la serpe vers l'officier.

— Lieutenant Scott, il serait fort embarrassant d'être

venus ici délivrer des colons et de laisser des extra-terrestres les engloutir sans faire un mouvement.

Duke savait depuis longtemps que la carrière d'un héros de guerre dépend autant de son sens des relations publiques que de ses dons de stratège.

— Ne vous inquiétez pas. Nous laisserons évidemment quelques vaisseaux en orbite pour qu'ils puissent continuer à lutter contre l'ennemi.

Le lieutenant communiqua des instructions de combat, ordonnant aux forces principales des vaisseaux de bataille Terrans d'interrompre leurs manœuvres en orbite pour descendre sur la planète. Aux yeux des vaisseaux humains qui restaient dans l'espace pour lutter contre les Zerg et les Protoss, ils avaient l'air de prendre la fuite.

— Ceci n'est pas une retraite, précisa le général Duke. Nous lançons une offensive dans une autre direction.

L'avant-garde de l'Escadron Alpha chargea comme une cavalerie à travers l'espace poussiéreux pour aller sauver les Terrans assiégés de Free Haven. En bas, Duke voyait la ville en train de se consumer. Beaucoup de dégâts avaient déjà été faits. Mais, jusqu'à présent, les colons avaient survécu.

Le général vit la troupe de Zerg se déployer en piétinant sur le sol plat pour encercler et cerner la colonie octogonale. Certaines créatures ennemies avaient déjà franchi la barrière, mais au spectacle des innombrables cadavres extra-terrestres qui jonchaient le sol – sans parler des cratères fumants et des décombres flambants –, le général Duke fut impressionné de voir que les colons étaient capables d'organiser une résistance aussi efficace – pour une poignée de bouseux.

Maintenant, il ne lui restait plus qu'à en sauver suffisamment pour montrer des images de son succès sur le

Réseau d'Informations Universel. Il sourit. Maudits extra-terrestres. Il ordonna à ses vaisseaux de faire feu.

L'Escadron Alpha entra en scène comme un taureau furieux dans un magasin de porcelaine, tirant sur tout ce qui bougeait en essayant vaguement d'éviter ce qui pouvait ressembler à un humain. Des rangées de Zerg volants – une sous-espèce dans laquelle le général Duke reconnut des Mutalisks – prirent leur essor en crachant de la matière gluante acide verte dans l'air. Pour une raison quelconque, cependant, les Mutalisks n'engagèrent pas le combat contre les cuirassés. Au lieu de ça, les monstres volants s'éloignèrent en direction du combat en orbite. Ils avaient sans doute reçu des Overlords l'ordre de lutter contre les forces Protoss, maintenant que les militaires Terrans s'étaient éloignés de la bataille dans l'espace.

Cela convenait parfaitement au général Duke.

Les Dropships Terrans descendirent en piqué vers le sol et libérèrent des Arclite Siege Tanks, de lourds soldats blindés protégés par des armures de combat Goliath, ainsi que des Hover Bikes charognards nommés Vultures. Ces unités militaires se mirent en place, prêtes à attaquer n'importe quelle créature sur le sol.

Le général n'essaya pas de rétablir le contact avec l'administration politique de la colonie Terrane. Ceci était une opération militaire et il allait la diriger comme bon lui semblait.

Ses hommes étaient expérimentés. Ils se dispersèrent pour construire des barrières de défense pendant que les petits Wraiths et les énormes cuirassés fournissaient une couverture aérienne contre les assaillants Zerg. Utilisant toutes leurs armes, les vaisseaux d'Escadron Alpha tiraient sans relâche, bombardant même les Ultralisks grosses comme des mammouths, éliminant des vagues de Zerglings, écrabouillant des groupes d'Hydralisks.

« J'aime mieux ça », murmura Duke, et il prit lui-même le contrôle de certaines armes pour rester en forme.

Maintenant que les Mutalisks volantes qui crachaient de l'acide étaient parties, il n'y avait plus à craindre d'attaque aérienne et Duke prit facilement le dessus. Après des heures de massacre, il n'avait perdu que onze Wraiths, cinq Goliaths et une poignée de Marines et de Firebats, lesquels recevraient tous des mentions d'honneur signées par l'Empereur Arcturus Mengsk en personne – à condition que l'Empire ait déjà fait imprimer de nouveaux formulaires.

Lorsque le *Norad III* atterrit à côté de la ville fumante, le général Duke débarqua en roulant des épaules, le menton pointé en avant. Il s'attendait à des hourras, mais les colons survivants avaient surtout l'air épuisés et ahuris.

Avec une petite grimace, il vit que ses Marines et ses Firebats avaient causé presque autant de dégâts dans la ville que les Zerg. Regrettable. Il s'agissait pourtant d'attaques amicales, les colons ne devraient pas se plaindre.

« Des dommages collatéraux, c'est tout », murmura-t-il pour lui-même en défilant dans la rue de sa nouvelle ville conquise.

Il cherchait le maire ou, si celui-ci avait été tué par les Zerg, une autre personne qui pourrait lui remettre officiellement le contrôle de cette opération militaire. Il regarda les colons, s'imaginant qu'ils le considéraient comme leur sauveur.

— Je vais faire de cette ville le quartier général de mes opérations, déclara-t-il tandis que des Marines de plus en plus nombreux débarquaient d'un Dropship qui venait d'atterrir.

Il ne savait pas s'il devait commencer par un discours ou ordonner à ses Marines d'aider à éteindre les incendies de la ville. D'un geste gracieux, il expédia les médecins de secours voir s'ils pouvaient sauver certains des habitants blessés.

Il sourit fièrement et se tourna vers les colons débraillés.

— Vous, les civils, vous pouvez aller vous reposer maintenant.

27

Sur le lieu d'habitation du vieux Rastin, la cabane du prospecteur et les bâtiments de la raffinerie avaient évolué. Ils étaient désormais entièrement recouverts de matière vivante organique.

Des exosquelettes durs poussaient en labyrinthes complexes suivant le modèle génétique d'une Ruche Zerg, un schéma incompréhensible pour les humains. La masse biologique charnue de Creep Zerg continuait à s'étendre, absorbant des matières brutes dans la terre vierge pour les transformer en substance nutritive.

Tandis que de nombreuses Reines avaient atterri à l'arrivée de Kukulkan Brood, celle-ci était restée dans la Couveuse établie dans la maison de Rastin. Cet endroit avait pour unique but de produire des centaines de larves dont chacune deviendrait l'un ou l'autre des divers minions.

Dardant sa tête triangulaire au bout d'un cou long et sinueux, la Reine leva ses bras pointus. Elle connaissait son rôle dans la mission. Sarah Kerrigan, la nouvelle Reine de Pique, avait implanté des instructions complètes dans les cerveaux des Overlords Kukulkan qui contrôlaient toutes les Reines et leurs Couveuses. La

Reine, à son tour, contrôlait tous les Bourdons qui s'activaient à construire la Couveuse, saisissant la matière dans leurs griffes claquantes. Ils développaient la Couveuse jusqu'au stade intermédiaire d'un Repaire défendable qui finirait par devenir à son tour une véritable Ruche Zerg.

Kukulkan Brood possédait un grand nombre de minions capables de résister à tout. Tels des insectes géants, les Bourdons travaillaient, suivaient les instructions, absolument loyaux. Les larves continuaient à muter pour devenir des Zerglings, des Hydralisks, des Ultralisks de la taille d'un mammouth. Des Mutalisks, dragons volants, s'envolaient dans le ciel au fur et à mesure qu'elles naissaient, prêtes à lancer leurs jets d'acide pour une attaque aérienne.

Et il y avait quelque chose de nouveau. La Reine, obéissant à ses instincts Zerg, avait absorbé l'ADN du grand chien à pelage bleu qui avait été infecté ici. Les Zerg voyaient dans cet animal féroce un candidat potentiel pour une nouvelle souche expérimentale de minion.

Tout au long de son histoire, la race des Zerg avait conquis d'autres espèces et assimilé le meilleur de leurs gènes. Lorsque l'essaim avait attaqué le vieux prospecteur et son chien, la Reine avait vu aussitôt les caractéristiques génétiques et les facultés que les Zerg ne possédaient pas – pas encore.

Old Blue avait déjà succombé à l'infection initiale, mais la Reine avait catalogué et mis l'ADN canin en mémoire. Pour faire une expérience, elle commença à incorporer les qualités de la musculature du chien – et, surtout, son flair développé – aux nouvelles larves. Dans les résultats qu'elle obtint par ces expériences, la Reine réunit certains traits de caractère Zerg particulièrement féroces dans de grands corps canins qui ressemblaient au chien à pelage bleu...

Sous le vieux bâtiment de la raffinerie, ses Bourdons creusaient le sol pour réveiller les quatre geysers de Vespene. Un Bourdon se métamorphosa en Extracteur vivant, au-dessus des nuages de gaz énergétique. L'Extracteur récoltait les effluves de Vespene et les stockait dans des sacs souples concentrés qui étaient ensuite rapportés à la Couveuse. Le gaz servait en partie à créer d'autres minions Zerg pour les forces d'assaut. Le reste était envoyé aux soldats Zerg qui le consommaient pour en tirer de l'énergie afin de poursuivre le combat contre l'ennemi.

Les minions qui venaient de naître creusaient des tunnels dans le sol ou proliféraient à la surface. L'attaque de la colonie avait été éprouvante, mais ce n'était qu'un chaînon dans la stratégie d'ensemble de Kukulkan Brood.

Les colons humains étaient des sources potentielles d'énergie, mais aussi des formes de vie qui pouvaient s'opposer au plan Zerg. Au bout du compte, cependant, les colons étaient négligeables.

Le principal objectif Zerg se situait ailleurs, derrière la crête montagneuse et dans la vallée voisine, où les forces Protoss avaient déjà atterri…

Marchant comme des araignées mécaniques guidées par des cerveaux vivants, les Dragons Protoss avaient disparu dans l'objet Xel'Naga en forme de cathédrale.

Mais avant que l'Exécuteur Koronis ait pu recevoir un compte rendu de leur exploration, ses troupes de Zélotes fanatiques sonnèrent l'alarme. Ils reculèrent en tressaillant tandis que la surface de la vallée commençait à se plisser et à se fissurer.

Un ouragan d'attaquants Zerg émergea du sol, jaillissant de tunnels cachés. Des Hydralisks se dressèrent, inclinant leurs échines pour que des volées de piquants empoisonnés aillent déchirer les soldats Protoss les plus proches.

Les Zélotes de Koronis hurlèrent et se précipitèrent dans le tumulte. Ces guerriers Templar n'avaient pas encore atteint le plus haut degré du Khala, mais ils étaient intrépides et fanatiquement dévoués à la défense de leur race. Rendus plus performants par des greffes cybernétiques, les Zélotes portaient des combinaisons sophistiquées avec des épaulettes incurvées et des pectoraux rembourrés. Sur leurs épaisses unités d'avant-bras, des dispositifs canalisaient leur énergie psionique pour la concentrer en une arme meurtrière appelée Psionic Blade. Les Zélotes chargèrent en balançant de droite à gauche leurs Psionic Blades étincelantes pour faucher les attaquants extra-terrestres.

Pour réagir contre la soudaine offensive Zerg, l'Exécuteur Koronis réunit ses forces au sol, convoqua ses High Templar et lança les Reavers – des unités blindées lentes comme d'énormes chenilles mais meurtrières – et encore plus de Dragons cyborgs mobiles.

Obéissant aveuglément aux ordres de leur chef, de nombreux Zélotes se sacrifièrent pour réunir les Zerg et les concentrer en un seul point. Koronis vit qu'il avait une chance.

Dressé sur les collines rocheuses en dessous de l'énorme chose palpitante, l'Exécuteur invoqua les énergies qui étaient en lui. Il utilisa l'une de ses armes les plus dangereuses, mise au point pendant des dizaines d'années passées à analyser les plus subtiles nuances du Khala en méditant sur son petit fragment de cristal à bord du *Qel'Ha*.

Une tempête psionique.

Les cristaux Khaydarin géants plantés autour de l'objet

Xel'Naga reflétèrent l'énergie télépathique de Koronis et concentrèrent son attaque, si bien que la tempête mentale continua à se développer, à accumuler de la puissance.

De plus haut, plus près de la chose à moitié déterrée, le Judicateur Amdor observait la scène d'un air soucieux et surpris. Un vent orageux, saturé d'énergie, faisait battre ses robes sombres qui tourbillonnaient autour de lui comme des flammes en colère. Ses yeux étincelaient.

En bas, Koronis ne fléchissait pas. Il produisait la tempête psionique la plus violente de sa vie. La vague d'énergie roula sur les minions Zerg concentrés et l'Exécuteur ressentit une intense satisfaction en voyant que l'explosion avait fait des ravages parmi les féroces troupes extra-terrestres.

Affaibli, l'Exécuteur se relâcha, et le vent et la lumière commencèrent à diminuer dans le ciel. Mais le combat n'était pas terminé.

De nouveau, ses Zélotes chargèrent, branchant leurs Psionic Blades. Les adversaires venaient juste de se rejoindre. Koronis cligna des yeux, stupéfait, lorsque d'autres parties du sol se fracturèrent pour vomir encore plus d'attaquants Zerg.

Il ordonna à ses Carriers de descendre construire de solides fortifications autour de la chose Xel'Naga – leur trésor. Des secours supplémentaires ne pourraient pas arriver assez rapidement, en ce qui concernait Koronis.

Pour le moment, il ne voyait qu'un nombre sans cesse croissant de Zerg qui se précipitaient sur lui en une vague invincible…

28

Lorsque les Marines Terrans fanfarons et brutaux prirent les commandes de la ville de Free Haven, Octavia ne vit pas une grande amélioration par rapport à l'invasion Zerg.

Tandis que les colons survivants s'affairaient à éteindre les incendies, soigner les blessés et enterrer les morts, le général Duke réquisitionna le plus grand bâtiment intact sur la place principale et déplia une chaise de commandant qu'il avait sortie de son cuirassé. Lui et ses hommes se déplaçaient avec la précision de militaires bien entraînés pour établir les bases de leur campement à l'intérieur de la ville.

Pendant qu'Abdel et Shayna Bradshaw s'occupaient des colons mutilés qu'on avait évacués dans la salle de réunion, Octavia cherchait ceux qui gisaient encore sur le lieu où ils avaient été blessés. Elle allait d'un voisin ensanglanté à l'autre, pansant leurs plaies et leurs fractures avec des bandages extensibles et des antibiotiques. Le petit stock de médicaments de premiers secours de Free Haven fut rapidement épuisé.

Octavia chercha de l'aide autour d'elle. Tout le monde

était soit blessé, soit occupé à des tâches urgentes – sauf les militaires Terrans. Indignée, elle se précipita vers l'endroit où l'orgueilleux général avait déplié sa chaise de commandant sur la place de la ville pour diriger les opérations militaires.

— Les colons sont en train de mourir, annonça-t-elle. Il nous faut des médicaments et du personnel.

Le général Duke lui accorda à peine un regard.

— Mes hommes sont occupés. Nous devons établir le quartier général.

— Vous et vos hommes avez été envoyés ici pour nous aider.

Octavia n'entendait pas céder. Des gens mouraient autour d'elle. Ses amis mouraient. Elle planta son regard dans celui du général, refusant d'être ignorée.

Finalement, il expédia une dizaine de médecins pour diriger les opérations et envoya chercher une caisse pleine de matériel d'hôpital. Octavia savait que Duke faisait ça pour se débarrasser d'elle, et non par souci d'humanité. Mais pour le moment, tout ce qu'elle voulait, c'était des résultats.

Les Marines de l'Escadron Alpha sortaient par les rampes de chargement des cuirassés avec une dizaine de VSCs pour aller recueillir des minerais vitaux et faire des réserves de gaz Vespene (puisque Octavia avait été forcée de détruire elle-même le dépôt de fuel de la ville).

Octavia éclissa la jambe brisée de Jon et alla s'occuper d'un gamin de douze ans qui avait perdu beaucoup de sang et était en état de choc. Elle lui fit une transfusion de plasma et lui donna de puissants analgésiques. Puis elle leva les yeux et observa avec curiosité le maire Nikolai, le visage cramoisi, marcher vers Duke en serrant les poings.

— Général, vos hommes sont en train de détruire nos

bâtiments. Ils ont volé des engins et du matériel dans nos maisons. Et maintenant, vous les envoyez dans des véhicules pour piller nos fermes ! Nous n'avons échappé aux Zerg que pour être dépouillés par nos soi-disant sauveteurs. Comment osez-vous ! Expliquez-vous.

— C'est vous qui nous avez appelés à l'aide, monsieur le maire, grogna Duke. L'Escadron Alpha était en train de livrer une bataille difficile en orbite, mais nous avons quitté le combat pour venir atterrir ici et vous sauver. Je pensais que vous seriez plus reconnaissant.

— Bien sûr, nous sommes reconnaissants, bafouilla Nik. Mais que nous mourions tués par les Zerg aujourd'hui ou de faim dans un mois, nous serons morts de toute façon.

— Allons, allons, monsieur le maire. Avant que l'Escadron Alpha reparte, nous vous laisserons des vivres. Je suis sûr que nous avons au moins deux mille paquets thermaux de Chipped Beef de luxe proches de la date d'expiration.

Nik protesta, mais le général lui fit signe de disparaître.

— Je vous assure, nous ne faisons que le strict nécessaire pour atteindre notre objectif. L'Escadron Alpha a des ordres, vous savez. Nous avons fait tout notre possible pour vous aider, mais j'ai un ennemi à vaincre et un objet extra-terrestre à rapporter à l'empereur.

Il lança un regard sinistre au maire et gratta sa barbe de plusieurs jours.

— Je vous préviens, ne vous mêlez pas de ce que font mes hommes, sinon je réquisitionnerai un autre bâtiment de la ville pour en faire une prison.

Deux Marines entraînèrent le maire Nik qui résistait et rouspétait comme un gamin qu'on éloigne de son jouet favori.

Après avoir recueilli le témoignage de quelques

colons que ses troupes avaient choisis au hasard, le général envoya ses Marines chercher Octavia Bren, qui avait été la première à donner l'alarme et avait apparemment plus d'expérience avec les extra-terrestres que n'importe qui d'autre à Free Haven.

Sans fournir une seule explication, il la fit escorter jusqu'à son nouveau quartier général – la maison du maire Nikolai – et s'assit à son bureau pour l'interroger. Il ne lui proposa pas même des rafraîchissements. Une nouvelle fois, elle éprouva un sentiment de dégoût envers lui.

— Eh bien, mademoiselle Brown, dit-il d'une voix graveleuse.

— Bren, général. Mon nom est Bren.

— Oui, bien sûr. Eh bien, il est temps de remplir votre devoir de citoyenne de l'Empire Terran.

Octavia se tenait bien droite et lui fit une petite grimace.

— Ici, à Bekhar Ro, nous sommes indépendants, général. Nous n'avions jamais entendu parler de votre Empire avant d'envoyer un message il y a quelques jours, comment pourrions-nous en être citoyens ?

— Néanmoins, l'Empereur Mengsk aime tous ses sujets et compte sur eux – même les plus ignorants.

Il tambourina de ses gros doigts sur le bureau.

— J'ai cru comprendre que vous connaissiez la mystérieuse chose extra-terrestre mieux que personne dans la colonie. Vous l'avez vue de vos propres yeux.

— Elle a tué mon frère, général.

— Bien, très bien. Je ne parle pas de votre frère, mais du fait que vous ayez vu la chose de près. Racontez-moi tout ce dont vous pouvez vous souvenir. A quoi ressemble-t-elle ? Quelles sortes de défenses l'entourent ? Pourrait-on l'utiliser comme une arme ? Si cette chose peut nous aider à vaincre l'ennemi, alors nous vous laisserons en paix, vous et vos camarades fermiers. N'aimeriez-vous pas reprendre vos... activités de colons ?

Octavia ne souhaitait rien d'autre au monde, elle lui donna donc les détails. Elle raconta comment son frère et elle avaient trouvé la chose exposée par l'avalanche, comment elle avait tué Lars et plus tard anéanti la moissonneuse.

Le général Duke arqua les sourcils.

— Intéressant. Cet objet pourrait donc être utilisé pour mettre les véhicules ennemis hors d'état. Hum, je vais envoyer une équipe de spécialistes étudier ça de plus près.

— Je suppose que tous les extra-terrestres qui sont arrivés ici ont eu la même idée, répondit Octavia. Une surprise attend sans doute vos spécialistes.

— Ne vous tracassez pas, ma fille. Nous avons déjà eu affaire aux Zerg et aux Protoss auparavant.

Il regarda les divers instruments qu'il avait fait rebrancher dans la maison du maire, parmi lesquels se trouvaient les sismographes pris dans la maison des Bren.

Avec désinvolture, comme s'il revivait ses jours de gloire, il lui raconta certains événements de la première guerre entre Protoss, Terrans et Zerg. Tout en l'écoutant se vanter, Octavia regardait les sismographes réparés. Elle les vit soudain clignoter, enregistrant de nombreuses explosions provenant toutes de la lointaine vallée où se trouvait la chose.

— On dirait qu'il se passe quelque-chose là-bas, général.

Duke jeta un œil sur les signaux des sismographes et ses grosses lèvres firent la moue.

— Je suis certain que ces explosions sont causées par

des armes. On dirait l'écho d'une grande bataille – et mes hommes ne sont pas même encore sur place !

Il frappa du poing sur le bureau du maire.

— J'espère bien ne pas avoir raté l'occasion de m'emparer de cette chose pendant que je perdais mon temps à aider des colons pouilleux !

29

Même si elle était loin du champ de bataille de Bekhar Ro, Sarah Kerrigan surveillait les progrès du Kukulkan Brood de l'intérieur des murs organiques trémulants de sa Ruche qui continuait à se développer sur Char.

Pendant les batailles, elle ressentait la perte de chacun de ses minions, d'abord lorsque les pathétiques colons avaient riposté, puis lorsque le *Norad III* et le détestable général Edmund Duke avaient guidé l'Escadron Alpha pour dévaster les forces qu'elle avait envoyées. Et maintenant, les troupes de terre Protoss combattaient les Zerg pour la possession de l'objet Xel'Naga.

La perte de ses créatures ne lui causait cependant ni douleur ni chagrin. Elles étaient là pour être sacrifiées. Les minions Zerg étaient conçus pour être disponibles. Elle ne se faisait pas de souci à ce sujet.

Cependant, dans son projet de remplacer entièrement l'Overmind, la Reine de Pique tenait une comptabilité de ses ressources vitales, répertoriant chaque mort comme autant de numéros, de statistiques.

Dans un sursaut de colère, Kerrigan envoya des instructions au Kukulkan Brood, aux Overlords et aux

Couveuses, leur commandant de produire plus de larves, plus de minions. Et de plus en plus. Tôt ou tard, ils lui seraient tous utiles pour ses plans de conquête intégrale du secteur galactique.

Et la chose Xel'Naga lui serait utile aussi.

Elle enrageait à l'idée que les vaisseaux Protoss étaient arrivés les premiers pour installer une base près de la chose. Tandis que sa colère flottait autour d'elle, plusieurs Gardiens sifflèrent et commencèrent à se bousculer dans les tunnels, reflétant son agitation. Avant qu'ils puissent endommager la Ruche, qui finirait par se soigner toute seule, Sarah Kerrigan calma ses pensées et se concentra sur son plan, développant une stratégie complète de trahison et de conquête qui jetterait le Brood entier dans la guerre – le prochain pas décisif dans son projet de domination et de vengeance.

Voyant l'Escadron Alpha, Kerrigan se souvint une nouvelle fois de Jim Raynor, un homme qu'elle aurait pu aimer. Raynor était un Terran spécial, prêt à pardonner même les tourments qu'elle avait endurés pendant son existence de Ghost télépathique au cerveau lavé. Mais Jim Raynor faisait partie de son passé humain – avant qu'elle soit trahie par Arcturus Mengsk, avant qu'elle rejoigne les Zerg.

Elle n'en voulait pas à Mengsk de l'avoir poussée à s'unir aux Zerg... mais elle éventrerait personnellement l'empereur et lui arracherait les membres dès qu'elle le capturerait. Rien que pour le plaisir.

Ce n'était plus qu'une question de temps.

Kerrigan repensa à sa précédente rencontre avec le général Duke, trop confiant et fanfaron, pendant leur opération de sauvetage sur le *Norad II*.

Elle ne regrettait pas cette partie de sa vie. Au contraire, elle se souvenait de chaque détail et réfléchissait au moyen de les tourner à son avantage – à l'avantage des Zerg.

La guerre continuait sur Bekhar Ro. La Reine de Pique concentra une petite partie de son cerveau sur la bataille, mais elle consacra l'essentiel de son attention à des sujets encore plus importants.

30

A côté de la montagne éventrée qui contenait la chose convoitée, les forces Protoss combattaient les minions Zerg sur le sol aride de la vallée.

Mais pendant que les armées extra-terrestres se livraient bataille, les trois Dropships envoyés par l'Escadron Alpha entrèrent en jeu, portant leur propre escouade d'infiltration.

Les Dropships étaient des vaisseaux capricieux, difficiles à manœuvrer et sujets à de fréquentes pannes mécaniques, mais les pilotes audacieux volaient audessus des explosions retentissantes du champ de bataille. Il leur fallait improviser des manœuvres pour chevaucher les ondes de choc de la tempête psionique provoquée par l'Exécuteur Koronis.

Les Dropships n'avaient pas d'armes et ne pouvaient compter que sur leur rapidité et leurs carrosseries blindées. Ils plongèrent bas, vite, tentant d'atteindre leur objectif avant d'être pris pour cibles.

Des Mutalisks volantes, qui n'avaient pas encore directement engagé la lutte contre les Protoss, les prirent en chasse. Se séparant, les trois pilotes Dropships firent des manœuvres pour les esquiver. Les jets d'acide crachés par les attaquants Zerg tachaient et endommageaient leurs épaisses carrosseries, mais les vaisseaux arrivèrent près de la montagne et descendirent vers la chose extra-terrestre exposée, énorme et palpitante.

Les adversaires Protoss et Zerg réorganisèrent leurs forces de frappe et expédièrent quelques combattants attaquer les intrus Terrans. En planant au-dessus de l'énorme chose, les pilotes des Dropships comprirent qu'ils avaient peu de temps.

Dirigés par le lieutenant Scott depuis le *Norad III*, un groupe de Marines, des Firebats et quatre magnifiques soldats blindés appelés Goliaths se précipitèrent vers les portes de déploiement. Les Goliaths ressemblaient plus à des tanks marchant sur deux pédales qu'à des hommes. Ils sortirent les premiers, leur puissante armure blindée absorbant l'impact. Les Marines et les Firebats lancèrent des cordes pour descendre sur les éboulis autour de la surface scintillante de la chose.

— Allez ! Allez ! criait le lieutenant Scott, s'adressant à la fois à ses hommes et aux vulnérables Dropships.

Dès que le dernier Marine eut lâché la corde, le premier Dropship vira de bord et repartit vers le haut à toute vitesse. Les quatre autres Dropships suivirent, formant une aile dans le ciel.

Courant à travers les rochers, le lieutenant Scott guida ses troupes vers l'entrée la plus proche.

— Allez, entrez à l'intérieur ! Nous avons pour ordre d'explorer cet objet et de rapporter autant de connaissances et d'intelligence que possible.

Courbés, dégainant et pointant leurs Empaleurs Gauss C-14 de huit millimètres, les Marines pénétrèrent en trombe dans l'orifice. L'entrée ressemblait moins à un passage qu'à une sorte de bulle dans de la résine biopolymère. Un Goliath entra avec le premier groupe, prêt à défendre l'équipe grâce à sa lourde force de frappe.

Les Firebats suivirent, cherchant quelque chose qu'ils pourraient faire exploser avec leurs lance-flammes Perdition à base de plasma.

Le lieutenant Scott s'apprêtait à suivre lorsqu'il leva les yeux et vit avec horreur les Dropships fuir une attaque ennemie concertée. Des Mutalisks convergeaient sur deux des capricieux vaisseaux, et les pilotes avaient beau déployer un fantastique spectacle de combat aérien, les attaquants Zerg étaient trop nombreux. Avant peu, l'acide pénétra dans les moteurs et les carrosseries blindées se fendirent.

En un ultime mouvement stratégique, les deux pilotes condamnés foncèrent dans un groupe de troupes extraterrestres au sol, éliminant une poignée de Zerg et de Protoss lorsque les deux Dropships explosèrent sous l'impact. Le dernier Dropship restant, endommagé, s'échappa vaillamment et, volant au-dessus des collines basses, rentra à la base de Free Haven.

Le lieutenant Scott suivit ses troupes dans les passages compliqués de l'objet Xel'Naga, et ils n'attendirent pas longtemps avant de rencontrer un obstacle. Dans le tunnel le plus élevé, trois puissants Zélotes Protoss leur tombèrent dessus, les yeux étincelants, leurs visages sans bouche leur donnant une apparence démoniaque.

— Attention ! cria Scott

Les Zélotes levèrent leurs mains étrangement gantées et activèrent leurs meurtrières Psionic Blades. Les Marines avaient déjà ouvert le feu. Leurs fusils Gauss envoyaient des explosions qui firent reculer les Protoss, alors que les Zélotes balançaient leurs faux étincelantes.

Le lieutenant Scott n'avait pas eu le temps de connaître tous les hommes qu'on lui avait confiés pour cette mission, il ne se souvint donc pas immédiatement du nom des trois Marines qui tombèrent en hurlant. Pendant que les Empaleurs des soldats tués continuaient à cracher des explosions d'énergie dans le mur translucide, le lieutenant envoya l'un de ses Goliaths à l'attaque.

Le Goliath avança et fit feu avec ses auto-canons jumeaux de trente millimètres. L'arme se déchargea sans interruption jusqu'à ce que le Zélote le plus proche s'écroule en arrière, mort.

Six Firebats convergèrent sur les deux autres ennemis fanatiques. Des flammes jaillirent de leurs armes Perdition. En un dernier effort, un Zélote Protoss tua un Firebat d'un coup de Psionic Blade, mais les lance-flammes brûlèrent les deux extra-terrestres survivants. Ils tombèrent morts à côté des trois Marines qu'ils avaient massacrés.

Scott réunit son escouade et les lança en avant, jetant un bref regard aux Marines martyrs.

— Le temps presse, continuons.

Il savait que la réussite de sa mission dépendait de sa rapidité. Il ne pouvait pas perdre de temps à organiser une cérémonie qui permettrait à leurs camarades décédés de reposer plus décemment.

Les hommes du commando du lieutenant étaient en petit nombre, mais il projetait de les faire entrer et sortir, faisant du mal à l'ennemi sans attirer l'attention. Personne ne savait exactement ce qu'était cet objet extra-terrestre, mais il voulait le découvrir et rapporter l'information au général Duke.

L'équipe s'enfonçait dans la chose, plantant des signaux de localisation pour pouvoir retrouver le chemin du retour. Scott regarda son chronomètre pour voir combien de temps il restait jusqu'à l'heure prévue pour le rendez-vous.

— Les packs de stimulation, pour tout le monde, dit-il. Il nous faut des forces supplémentaires.

Dans les combinaisons de combat des Marines et des Firebats, des systèmes d'alimentation chimique injectaient un puissant mélange d'adrénaline synthétique et d'endorphine. Le lieutenant Scott connaissait les risques et les effets secondaires potentiels de cette drogue psychotrope d'amplification d'agression, mais son équipe en avait besoin maintenant pour augmenter sa vitesse et ses réflexes.

Ils chargèrent, s'enfonçant, descendant en spirale, jusqu'à ce qu'ils rencontrent quatre énormes machines en forme de crabe. Les étranges cyborgs extra-terrestres avaient quatre pattes-pinces articulées et des corps ronds qui abritaient un cerveau d'une forme différente de celui des humains. Des Dragons !

Les Dragons semblaient en route pour sortir de la chose. Scott comprit que, s'il avait été le chef militaire Protoss, il aurait envoyé ces guerriers cyborgs en éclaireurs. Les Dragons rapportaient peut-être déjà des informations vitales. Mais le lieutenant Scott savait aussi que la technologie Terrane ne serait jamais en mesure de décrypter le message codé extra-terrestre contenu dans les systèmes de données des Dragons. Cependant, il ne pouvait pas laisser cette information tomber aux mains du chef Protoss.

— Ouvrez le feu, cria-t-il.

Comme des araignées en colère, les Dragons avaient déjà reculé, préparant leurs armes. Les Goliaths activèrent leurs auto-canons jumeaux, visant deux des quatre guerriers cyborgs. Dans les étroits tunnels, les lourdes munitions causèrent assez de dégâts pour supprimer un des guerriers cyborgs Protoss.

Les deux autres Dragons, cependant, furent en mesure de tirer leurs décharges d'antiparticules enveloppées dans un champ psychiquement chargé. Deux Firebats, trois Marines et un Goliath s'écroulèrent, leurs corps réduits en bouillie par la force.

Criant de rage et assoiffés de sang, d'autres Firebats

s'approchèrent. Leurs armes avaient moins de portée que les fusils Gauss des Marines, mais lorsque les lance-flammes Perdition tirèrent, ils se concentrèrent sur le corps des Dragons jusqu'à ce que le liquide contenant le cerveau extra-terrestre se mette à bouillir.

L'un des tanks explosa, projetant des morceaux brûlants de matière grise sur les murs du tunnel. L'autre Dragon tomba sur le flanc, battant des pattes comme un ver noyé dans un insecticide.

Se couvrant la bouche d'un masque protecteur pour bloquer la brûlante puanteur de mort qui envahissait le tunnel, le lieutenant Scott essuya les effluves qui lui piquaient les yeux et conduisit les survivants de son équipe plus loin.

— Nous devons mener cette mission à bien, dit-il. Allons jusqu'au centre de la chose, puis rentrons souper à la maison.

31

Pendant qu'elle s'occupait des blessés de Free Haven, Octavia perçut un appel insistant au fond de son cerveau. Il semblait que plus elle essayait de l'ignorer, et plus l'appel s'intensifiait – s'adressant non seulement à elle, mais à toute personne prête à écouter.

Octavia savait que, en raison de sa profonde intuition, elle était la seule parmi les colons de Bekhar Ro à pouvoir entendre l'appel étrange. Elle leva les yeux et regarda alentour, cherchant à identifier la source du signal. Les sommations pressantes qui murmuraient dans son cerveau provenaient des collines situées du côté de la vallée où les forces extra-terrestres se battaient pour la chose géante qui avait tué Lars.

Cependant, ce signal mental ne venait pas de la chose. Il était plus proche, et il était... différent.

Tout autour de Free Haven, les Marines s'affairaient, s'appelant les uns les autres, vaquant d'une activité à l'autre dans une transformation totale de ce qui avait naguère été une tranquille ville coloniale.

Après la grande bataille du jour précédent, les attaquants Zerg avaient reculé et n'avaient plus tenté d'offensives. Même l'étrange tapis de matière visqueuse qui s'était étalé pour recouvrir la maison de Rastin semblait diminuer. Les Zerg concentraient leur attention sur la vallée distante où ils combattaient un autre groupe d'extra-terrestres que le général Duke avait appelés des Protoss. Apparemment, les Protoss avaient envoyé l'Observateur mécanique sur lequel la vieille tourelle à missiles des colons avait fait feu.

Jusqu'à récemment, Octavia avait pensé que sa vie était compliquée, vu les problèmes et les difficultés qu'elle devait affronter chaque jour. Mais maintenant, elle réalisait que le monde de Bekhar Ro n'était qu'un point minuscule sur le grand écran de la galaxie. Les Zerg étaient partis de Free Haven, mais l'Escadron Alpha ne perdait pas de temps pour installer tout un système de défense.

Les VSCs travaillaient en hâte à créer une enceinte fortifiée sur les restes de l'ancienne barrière de périmètre, utilisant des morceaux de bâtiments de la colonie et des minéraux qu'ils extrayaient du sol fertile autour de la ville. Ils construisirent rapidement des bunkers et des tourelles à missiles – neuves et fonctionnelles. Des Marines et des Firebats s'installaient dans les nouveaux locaux, pendant que d'autres étaient stationnés dans les maisons des colons qui n'avaient pas survécu à l'offensive Zerg.

Plus loin, derrière les vilaines fortifications, des Siege Tanks patrouillaient le territoire, écrasant les rares plantations qui avaient survécu, rasant des vergers pour avoir une meilleure visibilité en cas d'attaque de l'armée extra-terrestre. Des Goliaths lourdement blindés rôdaient à la recherche de quelque chose à combattre. Des Vultures Hover Bikes tournoyaient dans le ciel en éclaireurs. Leur vrombissement fendait l'air et ils ressemblaient à des guêpes zigzaguant sur le terrain en lâchant de sinistres petits paquets appelés « mines-araignées ». Ces petites bombes robotisées partaient à toute vitesse dès qu'elles touchaient le sol, cherchaient un endroit approprié pour s'enterrer et attendaient avec leur réseau de détecteurs l'approche de lourdes forces ennemies.

Free Haven s'était transformé en campement armé, et les colons étaient prisonniers à l'intérieur de leur propre village. Le général Duke, dont la voix bourrue était diffusée par de puissants haut-parleurs installés sur les toits des bâtiments tout autour de la place du village, instruisait les villageois de rester dans l'enceinte des fortifications, « pour votre propre sécurité ».

Le maire Nikolai se donna en spectacle en se plaignant vigoureusement, afin que les colons voient qu'il défendait leurs intérêts. Il reprocha au général d'outrepasser les limites de son autorité, de ravager les terres arables difficilement conquises par les colons, et de dévaster les maigres réserves qu'ils avaient réussi à amasser pendant quarante ans d'existence précaire.

Le général Duke et l'Escadron Alpha ne firent pas attention à lui.

Essayant d'éviter le général, Octavia sentait l'appel psychique augmenter dans son cerveau. Elle avait déjà eu une altercation avec le commandant militaire et décida que cela ne mènerait à rien de discuter avec lui. Mais peut-être y avait-il d'autres réponses qui l'attendaient, des réponses qui dépassaient tout ce que ce belliciste pouvait comprendre.

Si seulement elle parvenait à saisir ce que l'étrange présence mentale essayait de lui communiquer. Elle sentait que c'était quelque chose d'extrêmement important. Les réponses l'attendaient... si seulement elle pouvait sortir d'ici.

Plus tard, à la tombée de la nuit, les colons rentrèrent dans leurs maisons surpeuplées. Certains partageaient maintenant leurs logis avec des Marines stationnés ici.

D'autres puisaient simplement du réconfort à s'entourer de plus de monde.

Mais Octavia attendait dans l'ombre, guettant l'occasion de se faufiler entre les soldats Terrans.

Même si les colons se plaignaient des ordres répressifs du général Duke, bien peu oseraient franchir le périmètre de défense, surtout la nuit. Les Marines montaient la garde en cas d'attaque Zerg. Mais personne ne prêterait trop attention à quelqu'un comme elle, une jeune femme seule se glissant derrière la limite, contournant la nouvelle tourelle à missiles et disparaissant dans la nuit. Et si le général Duke apprenait qu'elle essayait d'aller dans la zone interdite, il ne jugerait pas nécessaire de la protéger malgré elle.

Pour le moment, Octavia ne craignait pas les Zerg. Leur attaque avait été franche. Elle devinait qu'ils ne rôderaient pas derrière les rochers dans l'obscurité, dans l'espoir de capturer une ou deux victimes sans défense comme elle. A en juger par les traces sismiques de l'immense bataille qui se déroulait près de la chose, les Zerg et les Protoss avaient d'autres chats à fouetter.

Dès qu'elle eut accepté l'appel insistant dans son cerveau et bougé pour lui répondre, le message se fit plus clair. Octavia avançait, sachant que cela pouvait être un piège. L'appel mental était peut-être un leurre, un chant de sirène qui la conduisait à la mort. Mais elle ne pensait pas qu'il en était ainsi. Pourquoi leurs ennemis chercheraient-ils à la tuer ? Un vulgaire colon comme elle était sans importance pour les projets que nourrissaient les trois forces opposées.

Elle remonta la rue à la hâte, sentant les muscles tendus de ses mollets et de ses cuisses. Les derniers jours avaient été particulièrement éprouvants, elle avait peu mangé et dormi encore moins. Mais même comme ça, son corps était parfaitement en éveil, agile, comme si un flot constant d'adrénaline lui fournissait toute la nourriture nécessaire.

Les gardes militaires Terrans ne la remarquèrent pas lorsqu'elle passa à côté d'eux. La barricade ne l'arrêta pas. En courant sur le sol rocheux, elle s'inquiétait surtout des mines-araignées que les Vultures avaient plantées ici et là. Mais ces appareils étaient conçus pour détecter de grandes forces ennemies, des véhicules pesants ou des créatures géantes. Elle espérait qu'une jeune femme marchant sur la pointe des pieds dans les champs ravagés ne serait pas remarquée par leur réseau de détecteurs.

Mais elle courut tout de même aussi vite qu'elle pouvait.

32

Malgré ses chambres étroites et ses tunnels complexes, l'intérieur de la chose Xel'Naga était autant un champ de bataille que la vallée stérile à l'extérieur.

Dirigés par les Overlords de Kukulkan Brood, les minions Zerg s'étaient séparés du gros de l'essaim et se taillaient un chemin dans les défenses Protoss. Les monstres pénétrèrent le labyrinthe de tunnels à l'intérieur des parois en biopolymère verdâtre.

Les Zélotes Protoss étaient envoyés en missions kamikazes par le Judicateur Amdor, tandis que l'Exécuteur Koronis dirigeait bravement ses troupes au sol dans la bataille principale. Pendant ce temps, les membres survivants du commando Terran guidé par le lieutenant Scott progressaient dans les tunnels, prenant des photos et enregistrant les données pour rentrer et fournir au général Duke toutes les informations tactiques dont il pourrait avoir besoin.

Pendant ses années d'entraînement dans les Marines, Scott avait appris à évaluer une situation d'un seul regard. Maintenant, heure après heure, le lieutenant maintenait son instinct et ses sens à leur plus haut degré d'éveil. Il espérait que son commando ne perdrait plus d'hommes, mais il savait que c'était un vain espoir.

Même s'ils s'enfonçaient dans un territoire inexploré et mystérieux, entourés d'extra-terrestres hostiles, ils restaient membres de l'Escadron Alpha. Leur devise était « Premier entré, premier sorti », et ils avaient accepté leur mission. Etre nerveux ne les rendrait pas plus efficaces, et Scott ne voulait pas que ses hommes agissent comme... des colons.

Les Goliaths devaient se voûter pour passer dans les tunnels, leurs armes chargées au maximum et prêtes à tirer. Les parois de cette étrange construction étaient incrustées de joyaux, de cristaux pointus et de formations luisantes. Pendant toutes ses années de service sur les nombreuses planètes de la Confédération, le lieutenant Scott avait vu beaucoup d'environnements bizarres et de formes de vie ahurissantes. Mais il n'avait jamais été dans un endroit comme ça.

Avec les Goliaths en tête, l'équipe contourna un bizarre coin ondulé et se retrouva soudain face à un groupe de Zerg sifflants qui dressaient déjà leurs exosquelettes hérissés en position d'attaque. Six Zerglings semblables à des lézards bondirent en avant, immédiatement suivis par une Hydralisk qui bomba sa carapace et tendit des mains griffues.

Le lieutenant Scott n'hésita pas.

— Ouvrez le feu !

Ses hommes étaient prêts pour l'ordre. Les Firebats se précipitèrent en avant et actionnèrent leurs lance-flammes Perdition. Des gouttes de feu roussirent les Zerglings bondissants, les transformant en boules de feu qui allèrent s'écraser contre les murs incurvés, où elles laissèrent des taches de résidus organiques fumants.

De leur côté, les Goliaths lancèrent une lourde fusillade avec leurs auto-canons jumeaux pour couper l'Hydralisk au moment où celle-ci envoyait une volée de piquants empoisonnés.

Trois Marines supplémentaires – qui n'étaient plus désormais que des pelotes à épingles sanglantes en uniforme – s'écroulèrent, morts. D'autres bondirent en avant pour se venger, déchargeant leurs fusils Gauss et hurlant. Le lieutenant Scott épaula son arme et se joignit à la bataille.

Pendant que leur furie s'acharnait sur les Zerglings et l'Hydralisk, d'autres ennemis extra-terrestres entrèrent par-derrière. Dans l'un des tunnels luisants apparut une monstrueuse Ultralisk, une bête de la taille d'un mammouth avec des faux en os qui balançaient de droite à gauche, taillant en pièces les Firebats qui se retournaient pour lui tirer dessus. Les flammes ne firent aucun effet à l'Ultralisk. Elle avançait, mastodonte invincible qui attaquait et écrasait les opposants Terrans.

— Demi-cercle de défense, cria Scott. Maintenant !

Les Marines déchargeaient des centaines de balles, sans reculer d'un pas. Les deux Goliaths restants, leurs armures bruyantes partiellement endommagées par les piquants de l'Hydralisk, tirèrent leurs munitions de gros calibre dans le cuir épais de l'Ultralisk. Les Firebats se mirent en rang et actionnèrent leurs lance-flammes.

Déchaînée, l'Ultralisk fumante et saignante chargea sans se soucier des blessures que son propre corps recevait. La bête balança les os tranchants en forme de faux qui sortaient de son dos et coupa les trois Firebats survivants en morceaux, l'un après l'autre.

L'un des derniers Goliaths pilonna la créature, tirant à bout portant avec ses auto-canons. Et pourtant, même lorsque les coups puissants firent un gros trou dans son corps, le mammouth Zerg fendit l'armure du tank et massacra le Goliath.

Le lieutenant Scott voyait son équipe se faire décimer,

mais il ne sonna pas la retraite. Il continuait à tirer des balles dans l'Ultralisk qui se tournait vers le dernier Goliath endommagé. Mais le soldat puissamment armé et les cinq derniers Marines vidèrent leurs armes jusqu'à ce que le monstre s'écroule en un dernier sursaut, écrasant sur le sol l'un des Marines blessés et gémissants.

Le silence soudain sonna comme un tonnerre à leurs oreilles, et Scott regarda avec stupéfaction ce qui venait de se passer. Il prit une profonde respiration pour chasser sa peur et réunir toute la confiance et l'entraînement qui lui restaient. Il s'arrêta une seconde pour éclaircir ses pensées et prendre une décision avant que ses quelques soldats restants ne succombent au choc.

— En avant, dit-il, sans un regard pour les soldats morts.

Prenant la tête, le lieutenant Scott descendit le long de l'étrange tunnel. Il avait pour ordre de voir ce qui se trouvait au fond de ce bizarre objet extra-terrestre.

Mais il savait que sa mission deviendrait de plus en plus difficile au fur et à mesure qu'il s'enfonçait plus avant avec les survivants de son commando.

33

Octavia elle-même comprenait à peine où elle allait. Quelque chose l'appelait, l'attirait. Malgré elle, elle obéissait. La présence était extra-terrestre, oui. Et pourtant, Octavia sentait qu'elle pouvait lui faire confiance – qu'elle devait lui faire confiance.

Et ainsi, tandis que l'obscurité s'épaississait, elle marchait comme en transe. Elle traversa les champs retournés et piétinés, le sol griffé par les pinces et les tentacules des Zerg. Dans un verger, des arbres fluets étaient éparpillés comme du petit bois, les troncs déchiquetés par des Hydralisks et des Ultralisks en colère.

Des morceaux de minions Zerg étaient éparpillés, des membres blessés comme des pattes arrachées à des insectes géants, des fragments dentelés de carapace dure, même quelques cadavres éventrés de Zerglings, bien que les monstrueux minions se soient retournés pour dévorer la plupart de leurs propres blessés. Une écume mousseuse s'était infiltrée dans le sol, laissant des flaques de boue collante ; aux quelques endroits qui avaient déjà séché, la terre était dure comme du ciment.

Il lui fallut plusieurs heures pour atteindre une station minière isolée dans les collines – la source du pressant appel psychique. Elle entra, regardant autour d'elle, mais les ténèbres étaient trop noires. De fins nuages gazeux occultaient de nouveau les étoiles.

Octavia parvint à une colline rocheuse d'environ deux cents mètres de haut. C'était l'endroit ! Elle la gravit lentement, cherchant un chemin entre les éboulis, et arriva près d'un gros bloc de rocher tranchant qui surplombait le sol comme une hache gigantesque surgissant de la terre.

Là, elle s'arrêta. La voix mentale l'avait convoquée à cet endroit, mais elle ne voyait personne – pas encore.

— Bon, je suis là, dit Octavia à voix haute, sans savoir si la présence extra-terrestre comprenait son langage. Que voulez-vous ?

Elle devait savoir si cet étranger pouvait l'aider, s'il pouvait offrir aux colons un moyen de repousser la triple invasion – les Zerg, les Protoss, et même les militaires Terrans.

Soudain, une voix surprise parla clairement dans son esprit. *Mais les Terrans n'ont pas de pouvoirs psychiques.*

— Non, nous n'en avons pas, répondit Octavia à voix haute.

Je suis heureuse que tu sois venue, dit la voix.

Alors, une grande créature à la peau grise surgit de l'ombre près du rocher en forme de hache pour observer longuement Octavia. Octavia lui renvoya son regard.

Le visage avait des yeux étincelants, mais pas de bouche, simplement des plaques d'os qui, à leur manière, lui conféraient une présence supérieure. Octavia sentit que cette créature était femelle, vraisemblablement une extra-terrestre Protoss, mais qui ne faisait pas partie des forces militaires extra-terrestres qui avaient atterri dans la vallée.

— Vous m'avez appelée, dit Octavia.

Oui…

— Je suis Octavia Bren, de la colonie. Qui êtes-vous et pourquoi m'avez-vous appelée ?

Mon nom est Xerana. Je suis une Dark Templar des Protoss, j'ai étudié le signal qui a été envoyé et je crois que je connais son origine. Je suis venue pour porter un avertissement.

— Vraiment ? interrompit Octavia. Eh bien, votre avertissement arrive un peu tard. Cette chose a déjà tué mon frère. Des centaines de gens dans ma ville ont été tués par les Zerg.

Elle ne put lire le changement d'expression sur le visage de cette extra-terrestre nommée Xerana, mais Octavia crut détecter un ton de surprise dans la pensée-discours de la Dark Templar.

Vraiment ? Ton frère a été... absorbé ?

Xerana inclina la tête et se pencha en avant pour observer Octavia de plus près.

Mais cela ne serait pas utile pour les Terrans. Vous ne faites pas partie de ceci.

Octavia serra les dents.

— J'en fais partie depuis que cette chose a désintégré mon frère.

Ah. La voix était comme un souffle dans son cerveau. *Je ne m'attendais pas à ça.*

Octavia arqua les sourcils.

— Vous ne vous attendiez pas non plus à ce qu'une Terrane réponde à votre appel.

La voix de Xerana devint encore plus agitée dans le cerveau d'Octavia.

Je savais que cette mission serait difficile. Je suis venue sauver mon peuple, malgré ses ambitions et son ignorance. Quand je suis arrivée sur votre planète, j'ai ouvert mon esprit, cherché un allié, et j'en ai trouvé un. J'ai appelé, mais je ne m'attendais pas à ce que tu répondes.

Octavia s'émerveilla un moment à l'idée que cet être extra-terrestre, si différent d'elle, puisse devenir son allié, qu'elles puissent partager un but commun.

— Si vous êtes ici pour sauver la vie de votre peuple, et si vous pouvez contribuer à sauver la vie du mien, alors je suis votre alliée. Je ferai n'importe quoi pour vous aider.

Octavia regarda derrière elle, vers la vallée où les colons apeurés de Free Haven se blottissaient dans les ténèbres, craignant une nouvelle attaque.

Alors nous sommes d'accord. Nous nous aiderons mutuellement. Tu dois me croire quand je dis que la chose n'essaiera pas de faire de mal aux humains, à moins qu'ils n'essaient eux-mêmes de lui faire du mal. Elle représente uniquement un danger pour les Protoss et les Zerg, les enfants des Xel'Naga.

Octavia crut déceler un peu de tristesse dans la voix qui parlait à son esprit.

Un oiseau de nuit vola au-dessus de leurs têtes, hululant en piquant pour chasser un lézard noir qui rôdait sur un rocher plat. Octavia frémit, mais l'oiseau s'envola avec sa proie récalcitrante. Les animaux indigènes de Bekhar Ro ne s'intéressaient pas au conflit opposant les trois puissantes races.

— Alors, qu'allez-vous faire ? demanda-t-elle.

Je vais aller vers la chose.

— Il y a une autre... présence là-bas, dit Octavia. Je l'ai sentie, un peu comme j'ai senti que vous m'appeliez ici.

La chose t'a parlé ?

— Pas avec des mots. Pas comme vous le faites. Seulement par des *sensations*. Mais il y a réellement quelque chose là-bas. Un ordinateur ? Un cerveau ? Un signal enregistré ? Je ne sais pas. Soyez prudente.

Xerana inclina une nouvelle fois la tête et regarda Octavia sous un angle étrange.

Tu es vraiment une Terrane inattendue, Octavia. Merci de t'inquiéter pour moi.

Elle se tenait debout, sa longue écharpe d'érudite battant dans la brise légère. Une fine tablette gravée d'étranges inscriptions ornait sa large collerette.

Mais ma vie est peut-être déjà condamnée. Je suis forcée de dire aux autres Protoss qu'ils doivent se méfier. Si je connaissais un moyen, j'avertirais même les Overlords Zerg, mais je doute de pouvoir communiquer directement avec eux. Je dois aller vers la chose et ordonner à tout le monde de partir. Hélas, je ne pense pas qu'ils m'écouteront. Et toi, en retour, tu dois persuader les Terrans militaires que ce combat ne les concerne pas.

— Je ne crois pas que qui que ce soit voudra m'entendre, dit Octavia en songeant au général Duke. Mais qu'en est-il de la chose ? Nous ne pourrons pas toujours l'éviter. Tant qu'elle est ici, sur Bekhar Ro, n'y aura-t-il pas du danger ?

D'une manière ou d'une autre, la chose aura quitté votre planète dans quelques jours, dit Xerana. *Jusque-là, nous devons faire de notre mieux pour protéger nos peuples.*

Sur ces mots, la Dark Templar se tourna et disparut. Elle s'évanouit comme par enchantement.

Octavia resta stupéfaite pendant un moment. Puis elle appela, pas avec sa voix, mais avec son cerveau.

Xerana ?

Oui ?

C'est bon d'avoir un allié.

34

Une fois le périmètre de défense mis en place autour de Free Haven, le général Edmund Duke pensa avoir fait tout le nécessaire pour assurer la sécurité des colons. La veille, sa première équipe d'infiltration était entrée dans la chose extra-terrestre, guidée par le lieutenant Scott. Maintenant, Duke se préparait pour un assaut militaire complet.

Il était temps pour ses soldats d'Escadron Alpha de montrer ce qu'ils avaient dans les tripes.

Il mobilisa ses cuirassés, ses Wraiths, ses Dropships, ses Arclite Siege Tanks, toutes les forces à terre, et même les Vultures Hover Bikes. Le général décida de ne garder personne en réserve. Il espérait pouvoir simplement charger dans la mêlée et remporter la victoire, maintenant que les Protoss et les Zerg s'étaient affaiblis mutuellement.

Ordonnant à ses troupes de sortir, Duke resta au poste de commande dans l'ancienne maison du maire. Se grattant le menton, il observa les images de reconnaissance montrant ses troupes traverser la ligne des collines et plonger dans la vallée où la bataille faisait rage.

L'assaut commença avec une phalange de Marines et

de Firebats qui entrèrent en plein milieu de la zone de guerre, flanqués par la puissance imposante des Siege Tanks de l'Escadron Alpha. Les tanks ne prirent pas le temps de passer en mode siège, ce qui leur aurait permis d'utiliser des canons de choc pour des attaques à longue distance. Au lieu de ça, les tanks mitraillèrent simplement tous les extra-terrestres qui bougeaient.

Avançant sans relâche, les Marines et les Firebats écartèrent toute résistance ennemie, s'enfonçant dans l'aire de combat comme un couteau brûlant dans un pâté congelé. Les soldats de l'infanterie Terrane prirent de la vitesse, fonçant avec enthousiasme, heureux d'abandonner le long et ennuyeux voyage pendant lequel ils n'avaient fait que recenser des mondes abandonnés et surveiller des ceintures d'astéroïdes pour recueillir des matières premières. Les hommes de l'Escadron Alpha étaient impatients de combattre les extra-terrestres.

Regardant sur un écran, le général Duke battait des mains en riant d'aise. On frappa à la porte et un des gardes Marines fit entrer Octavia Bren. Le général jeta un regard sur la jeune fille.

— Vous ne voyez pas que je suis occupé, gamine ? Je dirige une bataille, ici.

— Oui, général. Mais j'ai des informations qui pourraient vous intéresser.

Il grimaça, sans savoir si cette minable fermière pouvait avoir appris quelque chose que ses propres hommes n'avaient pas encore découvert. Impatiemment, il lui fit signe d'entrer mais se retourna pour regarder la bataille.

La progression des troupes de front avait percé un trou qui semblait irréparable dans les défenses Protoss et Zerg, mais le général s'aperçut bientôt que c'était une grave erreur de calcul et qu'il s'était réjoui trop tôt.

— Non, non ! cria-t-il en direction de l'écran, voyant les Marines et les Firebats avancer si vite que les Siege

Tanks et les Goliaths lourdement blindés ne pouvaient les suivre.

Duke saisit son interphone de communication et cria dedans, espérant que ses ordres seraient entendus malgré la cacophonie du combat au sol.

— Resserrez les rangs ! Retournez protéger les...

Des Dragons Protoss marchaient comme des araignées sur les collines rocheuses, s'approchant par-derrière des troupes au sol exposées. Devant eux, des Zélotes aux yeux féroces actionnèrent leurs Psionic Blades et chargèrent les Marines, piégeant les troupes au sol. Dragons et Zélotes tombèrent sur les Marines et les Firebats de trois directions différentes. Les lance-flammes et les fusils Gauss qui déchargeaient un déluge de destruction dans l'air ne purent arrêter les fanatiques Protoss. Les Dragons rasèrent l'infanterie Terrane et les Zélotes attaquèrent, frappant à droite et à gauche, coupant les Firebats et les Marines en morceaux.

— Couvrez-les par en haut ! Protection aérienne ! hurla Duke.

Tardivement, les rapides Wraiths entrèrent dans la lutte, attaquant par en haut, suivis des Cuirassés plus lourds et plus lents qui formaient l'arrière-garde.

Les Marines et les Firebats continuaient à détruire dans leur manœuvre d'autodéfense, mais l'un des Templar Protoss vêtus de robes grimpa sur une pile de rochers. Levant ses mains à trois doigts vers le ciel, il conjura une terrible tempête psionique qui jeta la confusion parmi les Wraiths, projetant les combattants à un seul pilote les uns contre les autres. Plusieurs s'écrasèrent au sol comme s'ils étaient atteints par une immense tapette à mouches invisible.

Très endommagés, les Cuirassés et les Wraiths restants tentèrent de reculer, mais, de l'autre côté de la vallée, un second Templar conjura une autre tempête psionique qui les frappa de l'est.

Un seul des Cuirassés et trois Wraiths parvinrent à s'éloigner vers la sécurité relative des collines, quittant la dangereuse vallée et laissant des vaisseaux Terrans endommagés et détruits sur le champ de bataille.

Pendant que les Cuirassés d'Escadron Alpha planaient et essayaient de mesurer les dégâts, une douzaine d'Hydralisks surgirent du sol. Avant que le capitaine du cuirassé et les pilotes des Wraiths aient pu se mettre hors d'atteinte, les Hydralisks lâchèrent vague sur vague des piquants acérés qui percèrent la carrosserie du cuirassé et endommagèrent ses moteurs. L'énorme vaisseau s'écrasa dans les collines aux contours déchiquetés, tandis que les trois Wraiths étaient changés en confettis de métal et de sang avant même de pouvoir tirer.

— Ça n'a pas l'air de marcher fort, général, observa Octavia.

— La ferme ! hurla Duke, analysant la carte du champ de bataille et cherchant à décider quels ordres il devait donner.

Les Marines et les Firebats survivants étant coupés des tanks et des Goliaths, ils se retrouvèrent pris au milieu d'un bain de sang. Même lorsqu'ils tournèrent leurs armes contre les Protoss qui les affrontaient, des minions Zerg s'approchèrent par le côté et leur tombèrent dessus.

Le général Duke reconnut les Zerglings et les Gardiens, mais pas le groupe de créatures géantes à quatre pattes, au long museau canin et au pelage bleu épineux. Il n'avait jamais rien vu de pareil. Les nouvelles bêtes chargèrent comme des loups enragés, reniflant le sol, tournant leurs yeux pédonculés et bondissant sur chaque point faible des défenses des Marines. Le général Duke avait déjà vu différents types de Zerg auparavant, mais ceux-là semblaient être une catégorie entièrement nouvelle.

Octavia Bren fixait l'écran, choquée.

— Ils ressemblent à Old Blue ! Les extra-terrestres ont dû adapter quelque chose du pauvre chien.

— Vous savez d'où viennent ces choses ? demanda le général d'un ton tranchant en se tournant vers elle.

— Les extra-terrestres… ont infecté un grand chien dans l'une de nos fermes avoisinantes. Ces créatures ressemblent à ce qu'il restait de lui…

— Un chien ?

Duke poussa un grognement de dégoût.

— Vous élevez des animaux domestiques ici ?

Il reprit son microphone, en dépit du fait que les Marines semblaient faire tout leur possible même sans ses ordres directs.

— Les Zerg causent beaucoup de dégâts, les gars. Concentrez votre tir et éliminez ces… ces Roverlisks.

Un des Marines leva le doigt en un geste obscène et le général pensa qu'il annonçait une attaque aérienne.

Pendant la mêlée, huit Reavers Protoss descendirent lentement du Nord-Est, comme d'immenses chenilles blindées décidées à atteindre le cœur du combat. Duke savait que les Marines et les Firebats perdraient la bataille s'ils ne pouvaient obtenir une aide aérienne.

Finalement, les Siege Tanks et les Goliaths arrivèrent pour attaquer les Zélotes et les Dragons. Les Goliaths blindés utilisèrent des missiles antiaériens pour pilonner les marcheurs cyborgs à quatre jambes. Un Marine s'avança même pour ouvrir d'un coup le casier qui contenait le cerveau commandant les mouvements du marcheur Dragon.

Les Siege Tanks, hors de portée des Psionic Blades des Zélotes, tiraient inlassablement. Les Marines et les Firebats ne s'arrêtaient pas une seconde dans leurs manœuvres de défense, et sous les yeux du général

Duke, le cours de la bataille changea et finalement les forces Terranes reprirent le dessus.

Pour le moment.

Mais cela ne dura pas longtemps. Les Reavers Protoss finirent par ramper assez près et lâchèrent leurs Scarab Drones, des bombes volantes qui filaient en flèche vers leur cible et explosaient. Deux Goliaths tombèrent. Une poignée de Marines furent massacrés par une seule explosion. Les tanks et les Goliaths furent obligés de tourner leur attention vers les Reavers blindés. Alors, deux Carriers Protoss convergèrent de l'ouest, faisant tomber une pluie de feu avec leurs petits Intercepteurs robotisés.

— Ce n'est pas possible, murmura le général Duke. Pas l'Escadron Alpha. Pas mes meilleures troupes !

La lumière aveuglante des explosions lui faisait mal aux yeux pendant qu'il fixait l'écran tactique. La fumée et le chaos rendaient la lecture des détails impossible. Le sol était littéralement jonché de cadavres, le général pouvait à peine distinguer combien de ses hommes étaient encore en vie.

Les Carriers Protoss paraissaient savoir exactement ce qu'ils devaient faire. Ils concentrèrent leur attaque aérienne pour écraser les Goliaths, et lorsque les marcheurs blindés furent tous éliminés, les Siege Tanks Terrans se retrouvèrent sans défense, comme des boîtes de conserve paresseuses avec des cibles géantes peintes dessus.

Le général Duke ne put que regarder le reste de ses troupes d'assaut se faire battre à plate couture.

Sa voix était enrouée, et il parla comme s'il s'adressait à une pièce vide.

— On dirait que j'ai... beaucoup sous-estimé la résistance extra-terrestre.

35

La bataille battait son plein, et l'Exécuteur Koronis était trop occupé à diriger les forces Protoss pour remarquer une infime onde de perturbation dans l'air. Un étranger, un visiteur caché.

A côté de lui, sous la majestueuse silhouette de la chose Xel'Naga, le Judicateur Amdor bouillait, crachant mentalement des insultes furieuses à l'adresse des ennemis Zerg et Terrans qui tentaient de lui voler l'ancien trésor. Amdor était convaincu que la chose n'appartenait qu'à lui.

Lorsque les Zélotes attaquèrent les forces au sol et que les énormes Carriers volèrent dans les airs en lâchant des escadrons mortels d'Intercepteurs, Koronis sentit finalement une froide présence – quelque chose de familier et cependant indépendant du Khala, le lien psychique qui unissait tous les Protoss. Il se tourna, curieux et troublé, au moment où Amdor faisait volte-face, sentant la même chose.

Dans l'air entre eux, debout sur un monticule de rochers brisés et de terre, une silhouette apparut. Une femelle Protoss de haute taille se débarrassa de son camouflage d'ombres, comme de l'huile dégoulinant de l'acier. Elle sortit de l'invisibilité, pliant la lumière autour d'elle.

— Un Dark Templar ! gronda le Judicateur Amdor, son visage et son cerveau bouillonnant de révulsion et de dégoût. Fourbe hérétique !

Son cri psychique attira l'attention d'autres Judicateurs et de Templar à proximité.

La femelle Dark Templar ne répondit pas à l'insulte mentale.

— Je suis venue vous avertir, avertir tous les Protoss réunis ici, dit-elle. Je suis Xerana, loyale aux Premiers Nés malgré la persécution que des Judicateurs comme vous nous infligent.

La nerveuse femelle à peau grise jeta un regard en coin à Amdor, qui se redressa comme s'il souhaitait avoir une arme entre les mains.

Mal à l'aise, connaissant les terribles pouvoirs des Dark Templar, l'Exécuteur Koronis fit signe à ses troupes de se replier. Il ne haïssait pas les Dark Templar comme Amdor, mais il était prudent, spécialement dans cette bataille difficile.

Quatre Zélotes bondirent à son aide, leurs Psionic Blades déjà activées et lançant des éclairs. Un Dragon pivota sur ses quatre pattes et se précipita vers l'endroit où se tenaient les chefs.

— Vous ne comprenez pas ce que vous êtes en train de faire, dit Xerana, regardant Koronis en espérant qu'il comprendrait. Vous n'avez pas la moindre idée de la véritable origine de cette chose. Vous ne devez pas intervenir dans les plans des Voyageurs du Lointain. Quittez ces lieux.

— Nous sommes les Premiers Nés des Xel'Naga ! dit Amdor. Vous et vos partisans avez quitté le Khala. Vous êtes des traîtres et des renégats. Vous avez déjà causé assez de dégâts. Ne vous mêlez pas de ce qui se passe ici.

Cependant, l'Exécuteur Koronis désirait savoir ce qui pouvait avoir poussé cette fugitive à se jeter dans la gueule du loup. Elle devait pourtant savoir que les Judicateurs voudraient la punir.

— Dark Templar, quelle information nous apportez-vous ?

Amdor le regarda, les yeux étincelants.

— Exécuteur, vous ne voulez tout de même pas écouter les paroles corrompues de cette…

Koronis leva sa main à trois doigts.

— Je suis le commandant des forces Protoss. Je serais fou d'ignorer une information qui peut être cruciale, quelle qu'en soit l'origine.

Xerana se pencha vers l'Exécuteur, ignorant Amdor qui ne s'en trouva que plus furieux.

— J'ai un message et un terrible avertissement. Cette… chose – elle tendit la main vers le haut, en direction de la façade imposante de la mystérieuse structure exposée – est très dangereuse. Elle a été créée par les Xel'Naga, comme vous l'avez deviné, pour être plus puissante que la race Protoss ou la race Zerg. Prenez garde de ne pas l'éveiller, sinon elle risque de tous vous détruire.

— Mensonges, gronda Amdor. Nous sommes les Premiers Nés. Les Protoss ont été élus par les Xel'Naga…

— Et abandonnés par eux, coupa Xerana. Nous n'avons pas répondu à leurs espoirs. Les Xel'Naga ont fait plusieurs tentatives pour créer une race parfaite. Les Zerg étaient les plus destructeurs parmi leurs nouvelles créations, mais la race ancienne s'est livrée à beaucoup d'autres expériences et a gardé de nombreux secrets.

— Alors, qu'attendez-vous de nous ? demanda

Koronis tandis que la bataille continuait à faire rage derrière eux.

Les Dragons et les Zélotes se rapprochaient de Xerana, attendant les ordres.

— Devons-nous laisser les ennemis s'en emparer ?

— Vous devez laisser cette chose en paix, dit Xerana. Tout le monde, de toutes les races. Ensemble, les Protoss et les Zerg sont en train de réveiller un grand péril. Vous devez battre en retraite, rappeler vos troupes. Vous prenez un grand risque en jouant avec des choses que vous ne comprenez pas.

Koronis cligna des yeux en signe d'incrédulité, et Amdor parut momentanément amusé. Puis il cria mentalement des ordres.

Emparez-vous de cette hérétique !

Des vagues de haine et de dégoût émanaient du Judicateur.

Les Dragons et les Zélotes encerclèrent Xerana. L'érudite Dark Templar se tenait silencieuse, profondément déçue que son propre peuple refuse d'écouter son message.

— Ce sont vos frères fourbes qui ont corrompu le noble Tassadar ! grogna Amdor. Les Dark Templar ont ouvert les portes menant vers le Vide, attirant d'autres Protoss loin du Khala.

Xerana ne résista pas, même lorsqu'elle fut faite prisonnière. Le Judicateur se tourna fièrement vers Koronis.

— Nous nous emparerons bientôt de cette chose, Exécuteur. Et avec cette hérétique Dark Templar captive à bord du *Qel'Ha*, notre grande expédition s'est changée d'un échec total en une glorieuse victoire.

36

Poursuivant sa route dans les tunnels sinueux et tortueux, le lieutenant Scott conduisait ses quelques Marines et Firebats survivants plus avant vers le cœur de la chose mystérieuse. La grande bataille continuait à faire rage dans la vallée, mais ici aussi, à l'intérieur, le commando Terran rencontrait de nombreuses troupes d'exploration de Zélotes Protoss et de minions Zerg qui paraissaient tous avoir reçu la même mission de reconnaissance que l'équipe de Scott.

On dirait une course contre la montre, pensa-t-il. *Et nous voulons la gagner.*

La lumière entre les parois devint plus claire, comme si un feu intérieur était attisé. Les formations de joyaux devenaient de plus en plus grandes dans la structure incurvée en biopolymère, des gemmes pourpres taillées en étranges facettes et en formes inhabituelles, comme si elles étaient des organes internes.

Scott n'avait aucune idée de ce qu'ils trouveraient lorsqu'ils parviendraient à destination, mais il doutait que les Zerg ou les Protoss en sachent plus que les Terrans. Il trouverait les informations pour le général

Duke et, si possible, empêcherait les extra-terrestres d'acquérir les mêmes données.

Ils ne s'arrêtèrent pas pour combattre un groupe de Zerg qui ondulaient bruyamment dans les tunnels. Le lieutenant ordonna à ses hommes de courir en avant, se dérobant dans les corridors tout en entendant les monstres les poursuivre continuellement. Les Marines et les Firebats étaient prêts à combattre, mais leur soif de sang avait été désaltérée par les pertes sévères endurées par leurs troupes. Maintenant, ils préféraient remplir leur mission et rentrer sains et saufs.

Le commando suivait la lumière brillant devant eux, descendait et tournait, sans oublier de planter des signaux comme des « miettes de pain » pour retrouver leur chemin. Scott espérait que les Dropships seraient là à temps pour les recueillir. Mais il ne se faisait pas de souci. Les membres de l'Escadron Alpha connaissaient leur boulot.

La lumière palpitante dans les murs formait un appel hypnotique, comme une flamme qui attirait les insectes hors des ténèbres. Les Zerg et les Protoss paraissaient ressentir la même chose. Ils suivaient des passages différents, mais tous convergeaient vers la masse centrale comme si la réponse les attendait là-bas.

Finalement, avec ses Marines et ses Firebats en tête, le lieutenant Scott et son escouade émergèrent dans le cœur ardent de la chose, une gigantesque grotte pleine de lumière comme un soleil ardent. Mais le feu était froid et électrique, et, en un sens, *vivant*.

Les murs et le plafond de la grotte reflétaient la lumière en arcs-en-ciel éblouissants. Des cristaux dentelés pointaient dans toutes les directions. Scott se tenait bouche bée, transfiguré par la grandeur et la puissance qui s'offraient devant lui. Mais, bien qu'il fût parvenu ici comme il en avait reçu l'ordre, il ne pouvait expliquer ce qu'il voyait, tirer des conclusions ou fournir un rapport utile au général.

Venant d'autres tunnels, d'ouvertures sombres et bulbeuses dans les murs de résine organique, des Zerg et des Protoss émergeaient, de monstrueuses Hydralisks et des Zélotes lourdement blindés. Mais, tandis qu'ils s'amassaient tous dans la grotte, plus aucun des extra-terrestres ennemis ne faisait mine d'attaquer. Le cœur flambant de la chose Xel'Naga était trop impressionnant, et les trois espèces restaient stupéfaites et abasourdies.

Alors, la lumière s'intensifia, comme si une sorte d'incendie avait été allumé. Des rayons de lumière jaillirent en fusées, reflétant comme des éclairs les cristaux Khaydarin dentelés dans les murs, dessinant des arches dans toute la grotte.

L'un des Firebats hurla. Le lieutenant Scott savait qu'il aurait fallu donner l'ordre de la retraite, mais il ne pouvait formuler un seul mot. Ses pieds étaient comme rivés au sol, ses muscles pétrifiés.

Les explosions d'énergie s'intensifièrent. Le cœur palpitant de la chose Xel'Naga se mua en une boule blanche aveuglante. Soudain l'éclair frappa, visant toutes formes de vie à sa portée.

Les coups s'écrasèrent sur les Firebats et les Marines, supprimant au passage les spectateurs Zerg et Protoss. Le lieutenant Scott ouvrit la bouche pour crier, mais la vague d'énergie lui roula dessus, comme si elle voulait passer au scanner et absorber tous les intrus. Il vit les Zerg disparaître, emportés et anéantis. Bientôt, tout eut disparu dans la grotte – les Protoss, les Zerg, et tout son commando.

Et alors, toute vision quitta ses yeux…

La grotte était vide de formes vivantes ; la chose Xel'Naga avait récolté tous les spécimens à sa portée.

Les Terrans n'étaient pas nécessaires, mais les autres, les enfants des Xel'Naga, étaient exactement ce dont la chose avait besoin.

Dans toutes les chambres et tous les murs, la lumière augmenta pour devenir un feu vivant. Les formations cristallines explosèrent sous la surcharge d'énergie. De la terre et des rochers tombèrent du flanc de la montagne alors qu'un ronflement vibrant pénétrait le squelette de biopolymère.

Prenant des forces, la chose Xel'Naga longtemps ensevelie commençait enfin les préparatifs de sa sortie...

37

Après avoir vu ses forces complètement battues – battues ! –, le général Edmund Duke n'était pas d'humeur à écouter les rumeurs paniquées colportées par une fille sans expérience et couverte de boue. Mais Octavia Bren insistait pour être écoutée. Elle raconta au général sa rencontre avec la Dark Templar Xerana, une mystérieuse érudite Protoss porteuse d'un avertissement urgent concernant la chose Xel'Naga.

Mais Duke n'y pouvait rien. Comment voulait-elle qu'il s'occupe de ça ? Il venait de voir son offensive la mieux organisée aboutir à une liste de pertes trop longue pour figurer sur une douzaine d'écrans d'ordinateurs. Mais maintenant, au moins, il obtenait un peu plus d'information… assez pour le rendre très nerveux.

Lorsque l'Escadron Alpha avait atterri ici après avoir suivi le signal extra-terrestre et l'appel à l'aide des colons, le général avait supposé que la chose exposée était simplement un autre gros objet insignifiant – qui ne valait pas spécialement la peine de perdre des vies Terranes, à moins d'en recevoir l'ordre. Des objets étranges et des structures mystérieuses apparaissaient souvent dans les mondes isolés, mais ils n'avaient pas souvent de valeur.

Dans le cas présent, cependant, il était clair que les Zerg et les Protoss voulaient s'emparer de l'objet à tout prix – et Duke ne disposait plus d'assez de forces pour le capturer et le ramener à l'Empereur Arcturus Mengsk.

Dans son opinion de militaire professionnel, c'était *mauvais*.

— Merci de votre collaboration, mademoiselle, grogna-t-il, puis il ouvrit une communication avec ses troupes. Je sais exactement comment régler la situation. Appelez notre meilleur Ghost. Je crois que MacGregor Golding fera l'affaire. Envoyez-le-moi immédiatement.

Il leva la tête et vit que la jeune fille, épuisée, restait debout dans son bureau.

— Autre chose, mademoiselle Brown ?
— Bren, dit-elle. Mon nom est Octavia Bren.

Duke ronchonna, se demandant quelle différence pouvait bien faire le nom d'une civile dans le grand agencement des choses.

— Si ce n'est pas une information tactique, mademoiselle, c'est hors de propos. Maintenant, si vous voulez bien m'excuser, j'ai une guerre à gagner. Il n'est pas facile d'arracher la victoire d'entre les mâchoires de la défaite.

Avant qu'Octavia puisse partir, la porte des appartements réquisitionnés du maire Nik s'ouvrit et un homme mince en armure entra. Son petit visage avait l'air dégourdi et ses yeux bruns trop grands, au-dessus de pommettes très hautes, paraissaient incroyablement vieux, comme si le jeune homme en avait déjà assez vu pour être blasé de tout l'univers. MacGregor Golding resta silencieux, attendant que le général prenne la parole. Puis, comme si quelque chose le tracassait, le jeune homme se tourna vers Octavia.

Octavia eut l'impression d'être placée sous un rayon scanner à grande puissance. A l'intérieur des circonvolutions de son cerveau, elle sentit ramper une présence télépathique, comme un vandale pillant une maison.

— Ne vous occupez pas de cette civile, agent Golding, dit le général Duke, brisant la concentration d'Octavia.

Le Ghost se tourna vers le général.

— Mais elle vaut vraiment la peine d'être considérée, monsieur. J'ai été mis en quarantaine par le gouvernement Confédéré et entraîné pour canaliser mes énergies psioniques. Je sais reconnaître le talent. Cette jeune femme ici présente possède un étonnant potentiel naturel. Elle pourrait faire un excellent Ghost.

La peau d'Octavia se crispa.

— Jamais de la vie, dit-elle.

Au cours de leur bref échange mental, Octavia avait senti que cet homme, MacGregor Golding, avait été formé et entraîné pour faire ça. Elle avait aussi acquis une certaine idée de ce que le commandant de l'Escadron Alpha avait en tête.

— Agent Golding, dit le général, nous voulions au départ acquérir cette chose pour l'arsenal Terran. Cependant, au vu des récents événements, je dois admettre qu'il y a peu de chances que nous réussissions. C'est pourquoi je n'ai pas d'autre recours que d'activer le plan B.

— Oui, mon général, dit le Ghost. Le *plan B*. Permettre que cette chose – quelle qu'elle soit – tombe entre les mains viles des méprisables Zerg ou Protoss serait bien pire que de perdre la bataille. Nous devons nous assurer que personne ne s'en emparera.

Le Ghost se tenait prêt, dans sa combinaison lisse faite pour résister à un environnement hostile, tenant son long fusil C-10.

— Je suis équipé d'un dispositif de camouflage personnel, monsieur. Un Dropship peut me porter jusqu'au bord du champ de bataille et, de là, je me taillerai un chemin pour aller peindre une cible.

Le général Duke acquiesça, croisant ses mains sur le bureau désormais parfaitement propre du maire.

— J'ai un cuirassé dans la haute atmosphère, prêt à déployer un effectif complet d'ogives.

Octavia enrageait de voir les deux hommes discuter calmement une destruction d'une telle ampleur.

— Vous ne pouvez pas lancer une bombe atomique sur Bekhar Ro ! C'est notre monde colonisé. C'est notre pays, où nous avons travaillé et transpiré et...

Le général Duke fit signe aux gardes Marines de la conduire hors du bureau. Livide, Octavia résistait et se débattait. Il lui jeta un regard de désapprobation.

— Préféreriez-vous que je perde cette bataille, mademoiselle Brown ? demanda-t-il, comme si la réponse allait de soi.

38

Depuis des années, le rêve du Judicateur Amdor avait été de chasser et de capturer un des hérétiques Dark Templar. Il abhorrait leurs croyances et leurs pratiques, et le simple fait de savoir qu'ils poursuivaient leur existence obscure, courant et se cachant dans le Vide, le rendait psychiquement malade.

Pour un Judicateur loyal, cette passion prenait le pas sur la découverte d'objets Xel'Naga. Amdor voulait éliminer les traîtres qui avaient conduit tant d'autres Protoss loin du lien psychique du Khala. Les Protoss étaient déjà des échecs aux yeux des Xel'Naga, mais ils avaient appris à coopérer, à unir leurs cerveaux en un courant de pensée gracieux et fluide qui liait la race en un seul tout.

Sauf les membres des Dark Templar, ces rebelles qui insistaient pour être indépendants. Ils essayaient d'éloigner les cerveaux Protoss, pour affaiblir le Khala en détruisant l'unité des Premiers Nés. A chaque seconde de sa vie, Amdor éprouvait le besoin d'empêcher qu'une pareille honte continue.

Maintenant, cette abominable femelle, Xerana, s'était rendue de son plein gré, apparaissant devant eux en plein cœur de leur grande bataille. Amdor espérait avoir le temps de conduire un interrogatoire à bord du *Qel'Ha*.

Cependant, même en captivité, Xerana ne semblait pas effrayée. Au contraire, elle produisait des images, tirant des manuscrits blasphématoires couverts d'écritures archaïques.

— Vous devez regarder mes preuves, disait-elle, ses pensées adressées à Amdor et à l'Exécuteur Koronis avec assez de volume mental pour que tous les autres puissent l'entendre.

Elle brandit un vieux fragment de document récupéré.

— Voyez la preuve vous-mêmes. Avant de faire une bêtise, vous devez comprendre ce que les Xel'Naga ont laissé derrière eux dans ce monde. Ne réveillez pas la graine.

Derrière elle, les murs poreux incurvés de la chose verte luminescente brillèrent plus fort dans le flanc de la montagne, comme si une fournaise enfouie était déjà en train de s'enflammer.

Amdor arracha brutalement le fragment de la main à trois doigts de Xerana et le déchira en morceaux.

— Vos mensonges ne nous intéressent pas. Je ne sais pas quelle ruse de Dark Templar vous essayez d'employer. Cherchez-vous à appeler d'autres hérétiques à l'aide, afin d'utiliser ce grand trésor dans vos efforts pour détruire le Khala ?

Lui faisant face carrément, Xerana le regarda tranquillement.

— Les Dark Templar ne désirent pas détruire le Khala. Cela n'a jamais été le cas. Et vous n'avez jamais essayé de nous comprendre. D'abord les Judicateurs ordonnèrent l'extermination de notre tribu, parce que nous vous gênions. Puis, quand les vaillants Protoss refusèrent de commettre un tel génocide, vous avez donné l'ordre de nous bannir, de nous cacher du reste des Premiers Nés. Vous nous avez tous chassés de nos maisons, et pourtant me voilà, risquant ma vie pour vous avertir de la folie que vous commettez.

Xerana leva une main pour montrer l'étrange chose déterrée.

— N'entrez pas dans cette chose. Vous ne pouvez pas comprendre sa nature. Elle n'est pas ce que vous pensez.

Le Judicateur Amdor se contenta de ricaner.

— Plus que toute autre chose, vous m'avez convaincu que je dois *personnellement* entrer à l'intérieur et enquêter.

Il lança un regard brûlant à Koronis.

— Accompagné de l'Exécuteur, bien sûr. Nous déciderons nous-mêmes ce qu'il convient de faire de ce trésor et utiliserons ses mystères pour le bien du Khala – pas pour des hors-la-loi comme vous.

Sous le regard fanatique du Judicateur qui le défiait, l'Exécuteur Koronis n'eut pas d'autre choix que d'accepter.

Les épaules tombantes, Xerana baissa la tête, comprenant qu'elle avait échoué. Elle n'avait pas vraiment espéré autre chose. Elle avait été moralement tenue de délivrer l'avertissement, de faire de son mieux pour prévenir du désastre potentiel.

— En plein cœur de la bataille, il est trop dangereux de garder cette hérétique, déclara Amdor.

Le Judicateur appela des Zélotes et des Dragons et leur dit de préparer leurs armes.

— Tous les Dark Templar ont déjà été jugés, leurs vies ont été condamnées. Ils se sont tournés vers le Vide et ont ignoré l'appel du Khala.

Il fit un geste décidé.

— Exécutez celle-ci pendant que l'Exécuteur Koronis

et moi entrons personnellement dans la glorieuse chose Xel'Naga.

Il rejoignit Koronis. La grosse structure lumineuse semblait les appeler, les hypnotiser. Dans son cœur, Amdor éprouvait un besoin urgent de s'enfoncer dans les tunnels et de ressentir lui-même la terreur et la merveille.

Xerana tourna un regard profondément déçu vers Koronis.

— Vous comprenez si peu de choses, et pourtant vous commandez de si grandes forces.

Puis, dégoûtée, elle convoqua les énergies du Vide et se libéra. Utilisant des pouvoirs mystérieux qu'elle avait développés pendant ses propres recherches à travers le désert de l'espace, Xerana atteignit le courant tout-puissant du Khala, le lien mental qui reliait tous les Protoss en une unité harmonieuse avec des personnalités différentes mais une psyché unique. Sans leur faire de mal – car aucun Dark Templar ne souhaita jamais faire du mal à ses compagnons Protoss –, Xerana érigea des barrages temporaires invisibles dans le courant du Khala. Elle déconnecta l'Exécuteur, le Judicateur, et toutes les forces Protoss à proximité. Xerana savait quel chaos ses efforts allaient causer.

Coupés de leur précieux réseau du Khala, les Protoss se sentirent abandonnés... seuls... terrifiés. Certains Zélotes gémissaient avec leurs voix télépathiques. Le Dragon le plus proche trébucha, incapable de contrôler plus longtemps son corps cyborg.

Le Judicateur Amdor tomba à genoux et leva des mains griffues comme s'il pouvait physiquement tirer à lui les fils du Khala.

— Je suis aveugle ! Je suis perdu !

Puis, utilisant la ruse qui l'avait portée au milieu d'eux, Xerana plia les ombres autour d'elle, courbant la lumière pour disparaître à leurs yeux. Dans la confusion qui s'ensuivit, elle fuit le champ de bataille, laissant son peuple au destin que lui dictait son propre mauvais choix.

Elle avait une longue distance à parcourir pour ne pas être piégée dans l'holocauste.

39

Volant au ras du sol, le Dropship Terran partit de la base dans la ville de Free Haven et franchit la barrière de la crête montagneuse. Après avoir dansé au bord du champ de bataille tumultueux, il s'immobilisa tout juste assez longtemps, comme un colibri humant du nectar, puis s'enfuit avant que les forces extra-terrestres ennemies puissent lui tirer dessus.

Il laissait un Ghost derrière lui.

MacGregor Golding, dans sa combinaison spéciale, toucha légèrement le sol et courut dans un camouflage de vent et d'ombres. La furie destructrice des forces Zerg et Protoss combattantes occupait tellement les armées extra-terrestres que Golding aurait pu porter des drapeaux lumineux sans se faire remarquer.

Le Ghost courait vite, ses muscles nourris par deux pleines doses de packs de stimulation qu'il avait prises en secret dans les réserves des Marines – beaucoup plus que la dose recommandée, mais dans les limites de ce que son corps torturé avait enduré pendant des années d'apprentissage en isolation dans la Confédération. La vie de MacGregor Golding avait été modelée et battue jusqu'à ce qu'il devienne une arme vivante, une bombe psychique qui allait maintenant accomplir son but – son destin.

C'est-à-dire, si une arme peut avoir un destin.

Alors que Golding traversait le bord du champ de bataille, il vit le carnage qui restait des victimes de l'Escadron Alpha. Les Siege Tanks éventrés par les explosions, les Marines et les Firebats – ou du moins des morceaux de leurs corps – éparpillés dans la boue et le sang du sol de la vallée, parmi des cratères noircis et des rochers brisés.

Des nœuds de nuages sombres s'épaississaient dans le ciel, le protégeant des attaques aériennes à longue distance. Une tempête allait se lever. Le Ghost pouvait voir ça. Lors de son bref contact avec le cerveau télépathiquement susceptible d'Octavia Bren, Golding avait volé le souvenir de tempêtes massives sur Bekhar Ro, avec leurs éclairs laser et leur tonnerre supersonique. Néanmoins, la pire tempête ne suffirait pas à laver le sang et le carnage laissés ici par la bataille.

Mais la mission de MacGregor Golding permettrait de nettoyer et de stériliser tout le territoire.

Tout ce qu'il avait à faire était de provoquer une explosion nucléaire.

En s'approchant de la grande chose menaçante – le point de mire de tous les conflits –, le Ghost pouvait sentir l'appel lancinant s'intensifier dans son crâne. Une autre présence télépathique gigantesque, une puissante entité endormie qui semblait assez vaste pour submerger toutes les misérables formes de vie qui se battaient ici-bas.

Le Ghost ne savait pas ce qu'était cette chose et, si son travail consistait habituellement à recueillir des informations et à s'infiltrer si nécessaire, ce n'était pas sa mission aujourd'hui. Le général Duke avait donné des ordres, et le Ghost n'était pas chargé de comprendre mais d'exécuter.

Cette chose devait être détruite.

La concentration des combattants et des détecteurs anticamouflage près de la falaise força MacGregor Golding à s'arrêter. Ils bloquaient presque toutes les lignes d'approche. Il vit un grand Reaver semblable à une chenille accompagné d'un Observateur dans le ciel. Ces engins Protoss pouvaient détecter sa présence et l'empêcher de venir plus près. Il épaula son fusil C-10, léger mais volumineux comme un bazooka. Golding s'était préparé à l'avance, substituant certaines balles hautement explosives par des balles Lockdown spéciales. Il avait le pressentiment qu'elles pourraient s'avérer extrêmement utiles aujourd'hui.

Toujours invisible, entouré par le champ de camouflage qui le protégeait des regards, il choisit soigneusement sa route, évaluant à quelle vitesse il pourrait courir et quel était le chemin le plus dégagé. Il se soucierait plus tard d'une retraite rapide. Puis il abaissa le fusil et tira sa balle Lockdown.

Il regarda la plume de feu et de fumée dessiner un arc au-delà de son champ de camouflage personnel. Plusieurs Protoss et Zerg levèrent les yeux, mais il était trop tard. La balle Lockdown explosa, éclaboussant la zone d'un champ humidifiant qui mit le Reaver le plus proche hors d'action. L'énorme unité atterrit, ses systèmes d'armes incapables de fonctionner, ses écoutilles électriques scellées afin que les combattants Protoss à l'intérieur ne puissent sortir pour combattre au sol.

Se déplaçant rapidement maintenant, il tira une seconde balle, et l'Observateur s'écrasa, ses détecteurs détraqués. Désormais certain de pouvoir conserver son invisibilité, MacGregor Golding partit comme une flèche à travers le chaos, évitant les minions Zerg et les Protoss en colère. Ils ne pouvaient pas voir un Ghost.

Devant la perte soudaine et inattendue d'une force mécanisée Protoss, les minions Zerg se précipitèrent, dirigés par les Overlords de Kukulkan Brood pour prendre avantage de cette brèche dans les défenses Protoss. MacGregor courait toujours, se rapprochant de la chose scintillante, tandis que derrière lui les vicieuses Hydralisks, les Gardiens et les Zerglings plongeaient dans les rangs Protoss avec un abandon sauvage.

Tirant avantage du chaos, concentré uniquement sur sa mission, au zénith de son existence, le Ghost prit position et arma son laser spécial.

Par l'intermédiaire d'un lien de communication codé, il contacta le général Duke.

— Tout est prêt, monsieur. Je suis en position. Paré pour peindre la cible maintenant.

— Vous pouvez procéder, Golding. Bon travail, dit le général. Si vous n'en sortez pas vivant, je veillerai à ce que vous receviez les plus hautes louanges. Malheureusement, elles devront être tenues secrètes dans votre dossier personnel.

— Bien sûr, mon général. Je comprends.

Golding activa le laser et marqua une cible sur le côté de la chose géante. Grâce à lui, les ogives nucléaires tactiques pourraient être dirigées avec une parfaite exactitude. L'objectif était assuré.

Dans le ciel, l'un des derniers cuirassés de l'Escadron Alpha ouvrit ses portes de lancement, prêt à lâcher les missiles atomiques.

MacGregor Golding était assis en plein milieu de la cible, mais il lui restait quelques secondes pour s'échapper.

Il se mit à courir.

40

Octavia ne comprenait que trop bien ce qui se passait. Une attaque nucléaire était imminente. Et si les militaires Terrans attaquaient la chose extra-terrestre, celle-ci riposterait. Elle n'avait aucun moyen de savoir combien de Terrans – et de Protoss, d'ailleurs – pouvaient mourir. Octavia n'avait pas assez de pitié pour se soucier du nombre d'essaims Zerg qui seraient ou non éliminés.

Le général Duke l'avait traitée comme si elle était une enfant hystérique qui ne savait pas ce dont elle s'occupait. Octavia devait admettre qu'elle ne comprenait pas suffisamment la situation extérieure dans l'Empire Terran, mais ici elle en savait plus que le général Duke.

Maintenant que ses efforts pour le persuader d'abandonner son plan absurde avaient échoué, Octavia ne voyait qu'un endroit vers lequel se tourner. Prenant un petit véhicule de ferme, elle conduisit à vitesse maximale vers le rocher en forme de hache où elle avait rencontré la Dark Templar Xerana pour la première fois. Laissant sa voiture derrière elle, elle escalada la pente rocheuse, appelant :

— Xerana ! Xerana !

Aucune voix ne lui répondit, bien sûr. La Dark

Templar ne pouvait pas savoir qu'Octavia viendrait ici pour lui parler.

Pourtant, en se concentrant, elle perçut une présence au fond de son cerveau. Ce n'était pas Xerana, cependant. C'était plutôt comme une sorte de tension, un mélange d'émotions qu'elle ne pouvait commencer à comprendre, qui montait comme une clameur sans paroles. Elle sentait que quelque chose de puissant était sur le point de se produire.

Désespérée maintenant, Octavia bloqua toutes ses autres pensées et concentra toute son attention sur un seul mot : *Xerana !*

Elle ne savait pas depuis combien de temps elle était là, la pensée lancinant son cerveau – Xerana ! Xerana ! – mais soudain, l'érudite Dark Templar était là. Elle semblait agitée et fatiguée.

Dès qu'elle vit la femelle extra-terrestre, Octavia laissa échapper :

— Xerana, j'ai échoué. Les militaires n'ont pas voulu m'écouter. Il va y avoir une explosion atomique. Vous devez l'empêcher.

Moi aussi, j'ai parlé à ceux de mon peuple. Eux aussi ont choisi de ne pas m'écouter.

L'estomac d'Octavia se noua.

— Mais ils peuvent tous mourir. Vous l'avez dit vous-même. Nous devons les arrêter.

Ah. Mais nous ne pouvons leur offrir que notre savoir. Nous ne pouvons pas choisir pour eux. Leur avidité et leurs préjugés ont tué leur bon sens. Ce qui vient après... est le résultat de leur propre décision.

— Mais les colons de Free Haven ne doivent pas mourir à cause de la stupidité de quelqu'un d'autre, dit Octavia.

Non.

La Dark Templar ferma ses yeux étincelants comme

des gemmes, comme si elle se concentrait sur une idée unique.

A ce moment, Octavia sentit encore l'autre présence au fond de son cerveau, éliminant tout espoir d'autre pensée ou de discussion. Elle pressa ses mains sur ses tempes alors que le cri télépathique se faisait de plus en plus fort.

Il était déjà trop tard.

41

Lorsque la Dark Templar s'évanouit devant ses yeux – enfuie ! –, le Judicateur Amdor fut furieux. Il avait perdu la captive qu'il voulait torturer, interroger, puis exécuter. Tous les hérétiques devaient servir d'exemple pour le reste de la race Protoss, pour maintenir leur foi dans la force du Khala.

Mais Xerana avait utilisé de fourbes pouvoirs du Vide, puisant dans des ressources sombres interdites qui étaient un affront à tous les loyaux Zélotes, Judicateurs et High Templar. Amdor ne pouvait tolérer qu'elle ait l'air plus forte que lui.

Après la fuite de la Dark Templar, la corruption par laquelle elle avait brouillé les esprits avait diminué. Mais Amdor, tout en étant mentalement aveuglé, n'avait jamais vu ses rigoureux partisans si effrayés ou confus. Même les attaques Zerg n'avaient jamais causé autant de consternation que le fait d'être coupé du rassurant courant commun du Khala.

Il se tourna vers l'Exécuteur Koronis, dont les pensées étaient soigneusement masquées. Amdor avait l'étrange soupçon que le calme commandant était aussi amusé par la déconfiture du Judicateur que par l'évasion de la Dark Templar.

Amdor prit une décision.

— Je ne permettrai pas à cette hérétique de m'empêcher d'entrer dans le trésor Xel'Naga. Assez de troupes au sol et d'équipes d'observation – j'y vais moi-même. Vos Dragons ne sont jamais revenus, ni un seul de vos éclaireurs Zélotes. L'heure est venue d'enquêter personnellement. Viendrez-vous avec moi ?

A sa grande surprise, Koronis déclina l'invitation.

— J'aimerais pouvoir vous accompagner, Judicateur, mais les exigences de la stratégie et du devoir militaires me dictent de rester ici pour diriger notre bataille.

Amdor le regarda un moment, comme s'il ricanait, puis accepta.

— Vous n'êtes pas digne de marcher dans l'ombre des Xel'Naga. J'assumerai moi-même la responsabilité pour l'enclave, et pour toute la race Protoss.

Le fier Judicateur gravit la pente, laissant Koronis réorganiser les troupes et installer une ligne de défense là où une mystérieuse détonation Lockdown venait d'éliminer toute la force de frappe mécanisée Protoss. Les minions Zerg s'engouffraient dans la brèche, profitant de leur avantage. Donnant des ordres mentaux, Koronis ordonna que des Reavers supplémentaires viennent colmater la brèche et qu'un Carrier frappe du ciel avec des Intercepteurs volants…

Le Judicateur Amdor atteignit l'entrée de la chose et sentit la présence palpitante à l'intérieur s'intensifier. La lumière augmenta, étincelant comme un feu froid à travers le polymère lisse et translucide des parois du labyrinthe. Il pouvait sentir l'influence des Xel'Naga, ici, une marque intangible de la race créatrice. Amdor était certain que cet héritage lui était destiné.

Leurs recherches infructueuses, les longues errances

du *Qel'Ha* étaient le résultat de l'indécision et du manque de vision de l'Exécuteur Koronis. Lorsque la flotte expéditionnaire retournerait sur les ruines d'Aiur, Amdor rapporterait l'espoir et la puissance à la race Protoss, et le conclave le récompenserait bien.

Entrant dans les tunnels, le Judicateur marcha rapidement, choisissant les courbes et suivant un chemin doré dans son esprit. Il pouvait dire où se trouvait le cœur de cette chose, le centre de sa puissance. Cela semblait l'appeler, l'attirer à l'intérieur, et il pressait le pas pour répondre aux sommations. L'entité allait lui révéler tout ce qu'il avait toujours voulu savoir sur les Xel'Naga.

Bizarrement, malgré la pulsation lancinante dans son cerveau, Amdor trouva la chose vide et silencieuse, comme si tous les autres qui s'étaient déjà infiltrés – les Zélotes Protoss, les commandos Terrans, les envahisseurs Zerg – étaient partis. Mais Amdor ne prit pas cela pour une menace, il pensa seulement que personne ne lui barrerait le chemin.

Lorsqu'il pénétra enfin dans la grotte de feu glacé, celui-ci enfla et grandit, puisant de l'énergie, léchant les côtés incurvés de la caverne. Amdor s'arrêta, et toutes les pensées étonnées dans son cerveau s'évaporèrent. Il ne pouvait plus sentir le Khala, mais cette présence était encore plus grande que la puissance mentale combinée de toute la race Protoss. C'était magnifique.

C'était *tout*.

Debout devant le cœur ardent, vivant, de la chose, Amdor ne pouvait trouver de mots pour sa stupéfaction. Puis, à l'intérieur de sa tête, perçant même à travers la présence ancestrale de cette chose qui s'éveillait, il entendit la voix-psy détestée de la Dark Templar lui murmurer de loin :

Maintenant, tu vas me croire, Judicateur. Ce n'est que le commencement. Cette chose est une autre création des

Xel'Naga. Elle sait que nous sommes tous connectés les uns aux autres, que nous sommes des éléments de la grande tapisserie. Et le plan Xel'Naga nécessite que nous soyons tous réunis ici, il a besoin de chaque particule de ton ADN. Leur legs n'a besoin que d'énergie pour s'échapper.

Amdor fit volte-face pour voir si Xerana l'avait suivi à l'intérieur, si elle osait entacher ce lieu sacré de sa veule présence. Mais l'érudite n'était pas là, seulement sa voix. Elle avait fui pour se mettre en sécurité.

Tu aurais dû m'écouter, Judicateur Amdor.

Puis la voix se tut dans sa tête, et il regarda une nouvelle fois le cœur scintillant, qui brillait de plus en plus fort, se concentrer sur lui, l'évaluant – puis plongeant sur lui.

Des rayons brillants partirent dans toutes les directions, tapissant la grotte d'un sauvage réseau de connections, formant le motif final qui désintégra le Judicateur et absorba les derniers fragments d'information dont la chose avait besoin pour s'éveiller définitivement.

42

Suivant le chemin brillant peint sur la surface de la chose par le laser spécial du Ghost, les ogives nucléaires tactiques plongèrent à travers le ciel brumeux et lourd de tempêtes de Bekhar Ro. Elles ressemblaient à des éclairs lancés du ciel par un dieu en colère.

Le Ghost, MacGregor Golding, progressait tant bien que mal à toute vitesse sur les rochers en s'éloignant de la structure géante. Il éteignit son champ de camouflage et s'exposa à tous les extra-terrestres qui se retournaient, certains le remarquant, d'autres repérant les traits de feu qui descendaient des lointains vaisseaux dans le ciel, d'autres encore pressentant simplement l'approche d'une catastrophe terrible.

Ce n'était que quelques attaques nucléaires tactiques. Le rayon IPGP (Incapacité Permanente Garantie de Personnel) n'était pas trop large. Un Ghost avec pack de stimulation, courant à toute vitesse, pouvait rejoindre l'autre côté de la crête montagneuse, plonger derrière de gros rochers et espérer que la montagne serait un abri suffisant.

Avant de se glisser entre des éboulis, Golding leva les mains comme pour inviter les armes terribles à venir plus près. Il entendit un sifflement dans les airs, puis toutes les ogives s'abattirent comme des marteaux de forgeron sur le sommet de la chose lumineuse.

Il trouva une fissure dans un énorme talus de rochers et se glissa à l'intérieur, là où les ombres semblaient plus noires et fraîches. Mais même là, il dut fermer les yeux et, à travers ses paupières closes, le monde parut aussi lumineux qu'en plein jour…

En un éclat de lumière grandissant, les trois bombes atomiques tactiques rasèrent le front de la montagne entourant la chose. Un éclair de désintégration se propagea en ondes excentriques.

Mais plus vite encore, la chose éveillée et affamée riposta, se nourrissant profondément de l'énergie atomique, l'absorbant intégralement. En un moment – trop bref pour être mesuré par une montre – l'onde d'annihilation atomique s'arrêta, puis fut aspirée vers l'intérieur, ingérée par la création Xel'Naga comme un tourbillon de puissance…

Choqué par l'explosion supersonique, sans vraiment savoir ce qui venait de se passer, l'Exécuteur Koronis se tenait près des forces Protoss, incapable de croire qu'il était encore en vie. Il ne pouvait comprendre comment la chose avait répondu à l'attaque nucléaire venue du ciel, mais tous les méandres de biopolymère translucide s'éveillaient maintenant en un sursaut de lumière irradiante.

La montagne avait disparu, comme des chaînes défaites tombant d'un prisonnier. Rechargée et pleinement éveillée, la chose vivante se libéra enfin, sa substance ne ressemblant plus à la matière d'une armure. Maintenant, la chose entière était chargée de feu électrique palpitant, une force vivante.

Vivante, et chercheuse.

Les Overlords Zerg, stupéfaits de l'explosion atomique inattendue, titubèrent, perdant le contrôle de leurs minions voraces. Les monstrueuses Roverlisks basées sur les gènes d'Old Blue bondirent, déchirant des cohortes de Zerglings. Les Mutalisks, semblables à des dragons, volaient en cercle, hors de contrôle, crachant une pluie de Glave Wurm destructeurs sur tous les combattants frénétiques.

Les Judicateurs et les Zélotes Protoss survivants restaient pétrifiés d'horreur, levant les yeux sur la chose incandescente ensevelie par leurs anciens géniteurs, comme si une destinée étourdissante s'abattait sur eux.

Alors, l'écorce ardente dentelée se fissura en jetant des éclairs tandis que la chose s'ouvrait plus largement, comme une coquille d'œuf...

Ou une *chrysalide*.

Tandis que Koronis regardait le spectacle, stupéfait, sentant les pensées de tous les Protoss terrifiés et anxieux, son propre cerveau fut saturé. Il songea qu'il avait été merveilleux de prendre son vieux fragment de cristal Khaydarin dans ses mains pour concentrer ses pensées, pour se calmer et méditer. Mais c'était plus que son cerveau ne pouvait comprendre, même dans le courant du Khala.

La Dark Templar Xerana les avait prévenus. Elle avait essayé de leur expliquer que cette chose n'était pas simplement un objet, mais la graine d'une créature vivante, une autre race prototype développée par les manipulations génétiques des Xel'Naga. Maintenant, ses armées, les minions Zerg et les militaires Terrans n'étaient pas parvenus à la conquérir... mais à la *raviver*.

Avec une énergie incandescente en forme de calmar, à peine contenue par une peau organique lumineuse, la vraie créature, un être glorieux, émergeait des cristaux brisés de son cocon. Elle se levait comme un phénix fait d'ailes plumeuses géantes, de tentacules préhensiles, avec des soleils ardents en guise d'yeux.

Koronis regardait la bête fabuleuse. Elle ne ressemblait à rien qu'il eût déjà vu, et pourtant il n'y avait rien de *faux* en elle. La créature combinait des éléments de papillon Terran, de méduse et d'anémone de mer. Cet être avait une pureté qui semblait dépasser tous les Protoss et les Zerg, qui étaient les autres premières créations des Xel'Naga.

L'entité éveillée se déplaça rapidement, quittant sa chrysalide fracassée pour planer au-dessus du champ de bataille. Koronis avait l'impression de faire partie d'elle. La créature chantait une mélodie télépathique, une chanson écrite par les Xel'Naga morts depuis longtemps, teintée d'une résonance rythmée qui semblait en harmonie avec chaque section de son ADN.

Mais Koronis sentait que ses Protoss et lui n'étaient pas seulement ici en observateurs. Ce monstre-phénix avait besoin de lui, et il avait besoin des Zerg. Ils étaient de la nourriture qui permettrait de compléter la grande métamorphose. Le cocon enseveli avait été placé ici des éternités plus tôt, pour grandir, incuber, attendre… jusqu'à maintenant.

Un typhon et des coups de foudre soigneusement ciblés volaient autour de la créature qui s'élevait comme une furie, projetant un kaléidoscope de couleurs au-dessus du champ de bataille. Les Protoss et les Zerg restaient impuissants tandis que l'être conçu par les Xel'Naga les balayait tous avec ses rayons à haute puissance, les désintégrant et les absorbant, recueillant leurs gènes, toutes les pensées et les âmes de ces autres enfants des Xel'Naga. Sur des kilomètres à la ronde, la terre brillait, pas d'une radiation nucléaire, mais d'une énergie débordante de force vitale.

Désormais plus que la somme de ses parties, la

magnifique créature phénix s'élevait dans le ciel, déchirant les nuages qu'elle rendait chauds et orange. La forme de vie adulte montait dans l'espace, laissant derrière elle la destruction et la coquille de sa chrysalide dans le flanc de la montagne éventrée.

En chemin, elle rencontra les quelques cuirassés restants de l'Escadron Alpha en orbite.

Déjà énervé, sachant que les forces au sol avaient été éliminées dans la triple bataille titanesque autour de la chose, le capitaine du cuirassé endommagé *Napoléon* ouvrit le feu avec son canon Yamato. Voyant la créature étincelante foncer sur lui comme un ouragan, il n'eut pas le temps – ou le désir – d'attendre les ordres du général Duke, là-bas dans son centre de commande à Free Haven.

Les capitaines des autres cuirassés en vinrent à la même conclusion. Les canons Yamato tirèrent sur la chose-phénix qui arrivait, augmentant sans le vouloir ses réservoirs de puissance biologique. Elle devint plus brillante, plus chaude…

Et lorsqu'elle passa à côté d'eux, l'entité qui venait de naître vaporisa, absorba et digéra les navires de guerre Terrans, buvant leur énergie, ne laissant que quelques morceaux étincelants de débris fondus qui gelèrent instantanément dans le vide glacé de l'espace.

Puis elle engloutit et absorba les forces secondaires Protoss et Zerg qui étaient restées en réserve au-dessus de la planète.

Enfin rassasiée et avide de commencer une nouvelle vie, l'étrange créature étincelante quitta Bekhar Ro, sa patrie depuis des éternités, et s'envola dans le vide vers l'abîme immense et inexploré entre les étoiles.

43

Octavia haletait, ses jambes tremblaient, mais elle forçait son corps à continuer de bouger. La Dark Templar Xerana insistait pour qu'elle maintienne ce rythme désespéré. Elles avaient gravi ensemble la pente, ne craignant plus d'infestation Zerg puisque tous les extra-terrestres s'étaient réunis dans la zone de guerre de la vallée.

Cependant, sentant un danger imminent au moment où elles arrivaient au sommet de la crête montagneuse, la Dark Templar frappa Octavia de toute la force de son long bras, la couchant à terre. Xerana s'accroupit derrière une formation rocheuse, protégeant Octavia alors qu'une lueur de feu blanc-jaune illuminait le ciel et pâlit... trop vite.

Vos Marines ont lâché leurs bombes, dit la Dark Templar. *Mais le résultat ne sera pas celui qu'espère votre commandant.*

Lorsque la lumière et le feu commencèrent à diminuer, Xerana se releva avec Octavia à côté d'elle, et elles observèrent de loin l'énorme chrysalide ensevelie s'entrouvrir, l'être-phénix en surgir, s'élever dans les airs et, quelques minutes plus tard, planer au-dessus du lointain champ de bataille, absorbant tout. Octavia espéra qu'elles étaient assez éloignées de tous les autres combattants.

Bienvenue dans l'univers, dit Xerana comme si elle s'adressait à la créature, sa voix mentale empreinte de terreur respectueuse.

L'esprit d'Octavia sentit une liberté et une plénitude glorieuses. Elle comprenait maintenant la présence qui l'avait appelée si longtemps, et même si elle haïssait ce que cette chose extra-terrestre avait fait à son frère Lars, elle ne pouvait résister à cette absolue merveille. Elle n'avait jamais vu quelque chose d'aussi beau, d'aussi parfaitement pur. La lumière trop blanche lui faisait mal aux yeux, tandis que la bête lumineuse qui venait de naître emplissait la vallée de son incandescence et montait à toute vitesse pour disparaître dans le ciel.

Viens, dit Xerana. *Il y a d'autres choses à voir*.

Elles descendirent la pente inégale, abrupte. La vallée du champ de bataille continuait à vibrer et luire. Un étrange brouillard palpitant rampait sur le sol, comme un reste nébuleux de force vitale sortant des pierres et de la terre, une brume faite de poussière de diamant. La couronne de cristaux Khaydarin qui avait encerclé la chose enterrée était maintenant pulvérisée et éparpillée comme des myriades de grains de sable... ou des graines.

Octavia et Xerana parvinrent dans la vallée et poursuivirent leur route ensemble. Quelques minutes plus tôt, Octavia était épuisée, mais maintenant elle se sentait pleine de force, plus reposée et rassasiée qu'elle ne l'avait été depuis des années. Le rythme rapide de la grande Dark Templar ne la dérangeait pas. Elle bondissait à côté de Xerana, pratiquement au pas de course. Elle voyait les cicatrices de la bataille, les carcasses tordues des machines détruites, mais pas de cadavres – pas même des flaques de sang.

Xerana, qui devait avoir perçu ses pensées, répondit :

La créature Xel'Naga a pris toute la vie qu'elle pouvait toucher, et avec l'énergie de l'attaque nucléaire de vos militaires, elle avait plus de force vitale qu'elle ne pouvait en contenir. Elle a utilisé cette énergie pour combiner tous les gènes des Zerg et des Protoss afin de compléter son processus de maturation. Puis, avant de partir pour son long voyage, elle s'est délestée d'un peu de bioénergie et l'a laissée ici.

Octavia se mordit la lèvre. Regardant autour d'elle et voyant autant de choses merveilleuses, elle fut reprise par la colère.

— Mais alors, pourquoi a-t-elle pris Lars ? Quel usage cette créature pouvait-elle faire d'un humain ?

Xerana parut attristée.

Ton frère était une erreur. La créature n'avait pas besoin d'énergie Terrane. Elle dormait, elle était encore jeune. Elle ne comprenait pas ce qu'elle faisait.

Ah bon... Lars était mort tout simplement parce qu'il s'était trouvé au mauvais endroit.

Sans trouver aucune consolation dans cette réponse, Octavia marcha plus loin dans la vallée et remarqua un petit changement qui s'accentuait au fur et à mesure que le temps passait. Le sol semblait moelleux, et elle voyait partout de tendres brins de gazon, des petits germes de plantes. Ils poussaient si vite qu'elle pouvait réellement voir les brins d'herbe bouger, surgir de terre comme impatients de redonner une vie exubérante à Bekhar Ro défiguré. Elle s'agenouilla et cueillit un bouton qui s'épanouit dans sa main en une brillante fleur rouge à trois pétales pointus.

C'est la vie, dit simplement Xerana.

Octavia pouvait le sentir dans ses yeux, dans sa peau, dans son esprit.

La puissante poussière de diamant commença à se

dissiper, révélant un ciel azuré qui semblait aller jusqu'aux étoiles. Puis, au loin, Octavia distingua plusieurs silhouettes au milieu de la prairie bourgeonnante.

Des humains.

Octavia s'élança, d'abord hésitante, craignant d'espérer. Beaucoup portaient l'uniforme des Marines Terrans, mais l'un d'entre eux était vêtu d'habits de colon, une salopette de travail… la même qu'une de celles que son frère portait. Octavia retint son souffle, incapable de croire ce qu'elle voyait. Elle cligna des yeux.

Pour sa transformation finale, l'embryon avait besoin des gènes des autres enfants des Xel'Naga comme d'un fuel biologique, expliqua Xerana. *Comme les Terrans n'étaient pas utiles, la créature les a rejetés de sa matrice d'ADN.*

— Lars ! cria Octavia, puis elle se mit à courir comme une folle.

Elle riait. Son frère ressuscité se tenait au milieu d'un champ de fleurs qui ressemblait à un feu d'artifice de couleurs sur la vallée verdoyante. Il se retourna pour la regarder et son visage s'éclaira. Elle se jeta dans ses bras. Il eut l'air confus d'abord, puis la serra fort.

— Voilà qui est intéressant, dit-il d'une voix hébétée.

— Je n'arrive pas à croire que tu sois de retour ! s'exclama-t-elle.

Octavia le saisit par les épaules pour mieux le regarder. Ses genoux étaient faibles. Après tout ce qu'elle avait enduré, c'était le plus incroyable.

— Je n'aurais jamais cru que je serais content de me retrouver ici, dit Lars à Octavia, qui le serra plus fort.

La femelle Dark Templar se tenait seule à l'écart. Elle n'avait plus rien à faire ici. Elle était venue pour voir et apprendre. Son avertissement n'avait pas été pris au sérieux et elle avait été incapable de sauver ses frères Protoss, mais peut-être était-ce mieux ainsi. La créature-phénix qui venait de s'éveiller faisait partie du mystère Xel'Naga, et Xerana était heureuse d'avoir été le témoin de son éclosion.

Sans un mot d'adieu, l'érudite Dark Templar se drapa dans ses ombres et disparut pour retourner vers son vaisseau.

Peut-être pourrait-elle suivre la créature qui venait de naître, ou chercher d'autres embryons endormis cachés par les Xel'Naga. Il lui restait beaucoup de réponses à trouver, beaucoup de choses à faire... et tout le Vide à explorer.

44

L'oblitération de Kukulkan Brood était comme une blessure ouverte au flanc de Sarah Kerrigan. La lumière maladive qui palpitait dans les murs vivants de la Ruche autour d'elle semblait oppressante.

Ce n'était pas tant de la colère face à la défaite humiliante, ni de la tristesse face à la mort de tant de ses minions. Ce qu'elle ressentait, c'était la perte d'un rêve ambitieux, une perte de ressources.

Un simple contretemps...

Jusqu'à présent, elle avait travaillé sans relâche pour reformer les hordes féroces de Zerg destinées à conquérir la galaxie. La mission de confisquer la chose Xel'Naga n'avait été qu'un test pour elle. Elle avait voulu se prouver que ses Zerg étaient imbattables, que la destruction de l'Overmind n'était qu'un hasard extraordinaire. La Reine de Pique était plus forte, plus courageuse, plus ambitieuse.

Maintenant, pourtant, elle devait refaire ses plans, redéfinir ses projets pour que la planète morte de Char s'épanouisse de nouveau comme une sombre fleur.

Les Ruches bourdonnantes généraient des hordes de larves, toutes mutées soigneusement selon des configurations méticuleusement choisies, des minions qui seraient inclus dans une stratégie militaire d'ensemble.

Même privée de Kukulkan Brood, Sarah Kerrigan avait encore d'autres couvées puissantes – Tiamat, Fenris, Baelrog, Surtur, Jormungand. Chacune était dirigée par son propre Cerebrate. Chacune avait une fonction générale dans la structure sociale d'ensemble des Zerg : commander, chasser, terroriser, attaquer. Chacune avait des milliers, parfois des millions de minions Zerg dévoués.

Certains avaient été décimés dans la récente guerre qui avait conduit les Terrans, les Protoss et les Zerg au bord de la ruine. Mais la Reine de Pique les avait réunis de nouveau.

Elle décida qu'elle ne se soucierait plus de ce regrettable contretemps sur Bekhar Ro. C'était sans importance. Le désespoir était un sentiment humain, et Sarah Kerrigan ne se considérait plus comme un être humain.

Ce n'était que le commencement.

Bientôt, elle lancerait sa Guerre des Couvées.

45

Accompagnés du lieutenant Scott et de son commando survivant – ils avaient tous été régurgités par la créature-phénix –, Octavia et Lars rentrèrent à Free Haven.

A l'intérieur de la ville colonisée, le général Edmund Duke semblait totalement perdu et seul. Ils trouvèrent le maire Nikolai frappant à la porte de sa propre maison.

— Je veux récupérer mes bureaux.

Une poignée de Marines continuaient à remplir leurs devoirs dans la ville, mais ils semblaient entièrement dépourvus de direction. Le général Duke ouvrit la porte et, sans prêter attention au maire, passa en le bousculant pour aller au milieu de la rue.

Nik se précipita dans sa maison et commença à débarrasser son bureau des documents du général.

L'Escadron Alpha avait été éliminé sur le champ de bataille. Les cuirassés, les Wraiths et les forces au sol de Duke avaient été détruits, soit pendant la bataille en orbite, soit dans l'assaut avorté contre les Zerg et les Protoss près de la chose. Maintenant, peu après l'explosion nucléaire et les étranges événements inexpliqués qui s'étaient déroulés autour de la chose enterrée, Duke avait perdu contact avec ses vaisseaux dans l'espace. Plus personne ne répondait à ses signaux de communication.

Il espérait qu'ils étaient simplement éparpillés. Peut-être quelques vaisseaux étaient-ils allés directement faire un rapport à l'Empereur Mengsk. Certains reviendraient peut-être le chercher.

Mais il n'en était pas convaincu.

Lorsque Octavia revint avec son frère, les colons, bien qu'encore épuisés et sous le choc, se réjouirent de voir enfin un membre de leur colonie revenir vivant et en pleine forme. La plus joyeuse, et de loin, était Cyn McCarthy, qui courut jeter les bras autour du cou de Lars et fondit en larmes. A la grande surprise d'Octavia, Lars embrassa la jeune femme aux cheveux de cuivre et la demanda aussitôt en mariage – provoquant une nouvelle vague de larmes de bonheur.

Les autres colons regardaient, abasourdis. Tant de choses étonnantes et terrifiantes s'étaient produites au cours des derniers jours qu'ils n'interrogeaient plus même les miracles qu'ils voyaient maintenant.

L'exubérance d'Octavia commença à les réveiller.

— Attendez d'avoir vu la vallée ! dit-elle. Toutes les terres sont fertiles, maintenant, couvertes de végétation. Nous serons en mesure de faire pousser toutes sortes de céréales ici. Je vous garantis que nous aurons la meilleure production de toute l'histoire de notre colonie. C'est une nouvelle chance pour nous, un rayon d'espoir. Nous pouvons nous en sortir.

Le général Duke jeta un regard mauvais à Octavia, comme si elle était à blâmer.

— Mes forces militaires sont venues vous sauver et maintenant, la plupart d'entre elles ont été éliminées.

Il se tourna vers le bureau qui, encore récemment, avait été son quartier général.

— Maire Nikolai, j'exige que vous contactiez immédiatement l'Empire Terran pour demander une équipe complète d'extraction, une analyse du champ de bataille, et des secours pour mes hommes survivants.

Le maire glissa la tête par la porte, l'air insupportablement content de lui. Il ne parut pas très déçu de répondre :

— Je suis désolé, général Duke. Tous nos systèmes de communication à longue distance sont hors de fonction. Ils ont été détruits pendant l'attaque.

Le général grogna comme s'il avait voulu mâcher des rochers et cracher du sable.

— Et vous n'avez pas d'engins spatiaux ? Pas la moindre technologie pour voyager d'étoile en étoile ?

Le maire Nikolai secoua la tête.

— Nous ne sommes qu'une minable colonie agricole, général. Rien que des bouseux. Je crois que c'est comme ça que vous nous appelez.

— Ne vous en faites pas, renchérit Octavia, je suis sûre qu'ils finiront bien par venir vous chercher.

Duke serra les poings et les planta sur ses hanches, regardant tous les gens de la ville.

— Eh bien, je suis coincé ici maintenant. Alors, qu'est-ce que je peux faire ?

— Soyons pratique.

Octavia rejoignit le mur de l'une des maisons et saisit une houe au long manche qui était tachée de sang Zerg. Elle balança l'outil de ferme dans les mains fébriles du général.

— Vous pouvez commencer à *désherber*. Nous avons une grande quantité de nouvelles terres arables à cultiver.

Duke bafouilla sans trouver de réponse. Octavia lui fit un sourire espiègle.

— C'est très facile, général. N'importe quel gamin pourra vous montrer comment on fait.

Avec l'aide de Lars et de Cyn, elle alla chercher Jon, Wes, Gregor, Kiernan, Kirsten et quelques autres colons pour les conduire vers la vallée luxuriante, revitalisée, et leur montrer où ils pouvaient planter de nouvelles céréales. Le séduisant jeune lieutenant Scott, regardant Octavia avec un intérêt non déguisé, se porta volontaire pour les accompagner. Il semblait heureux et soulagé, comme s'il était las de la guerre et préférait s'installer ici...

Tandis que les colons travaillaient ensemble à ramasser les morceaux de leur monde meurtri, Octavia espéra sincèrement qu'ils n'attireraient plus jamais l'attention.

Achevé d'imprimer sur les presses de

BUSSIÈRE

GROUPE CPI

*à Saint-Amand-Montrond (Cher)
en avril 2003*

FLEUVE NOIR
12, avenue d'Italie
75627 Paris Cedex 13
Tél. : 01-44-16-05-00

— N° d'imp. 32415. —
Dépôt légal : mai 2003.

Imprimé en France